COLLECTION FOLIO

François Gantheret

Libido Omnibus

et autres nouvelles
du divan

Gallimard

François Gantheret est psychanalyste. Il a publié plusieurs ouvrages aux Éditions Gallimard.

À la mémoire de Georges Favez,
qui plaida pour l'humour
et savait le pratiquer.

À J.-B. Pontalis, l'ami, le frère,
pour le plaisir que nous partageons
à rire de nous-mêmes.

Libido Omnibus

Comme chaque mardi depuis plus d'un an, à midi précisément, Bel Ami sonna à la porte de Périscope. Celui-ci consulta sa montre et sourit : une telle précision, à la minute près, ce ne pouvait être que lui ! Il ouvrit et tendit une main amicale que Bel Ami secoua énergiquement avant de se débarrasser de son manteau dans l'entrée, puis de pénétrer dans le cabinet et de déposer sa serviette au pied du fauteuil. Périscope entra lui aussi, ferma la porte et se dirigea vers son propre fauteuil, non sans noter du coin de l'œil que Bel Ami attendait respectueusement pour s'asseoir qu'il fût lui-même installé. Comme Périscope procédait avec la même courtoisie envers ses visiteurs, cela donnait lieu à un ballet bien réglé, jusqu'à ce que tous deux posent leur séant presque au même instant, Bel Ami conservant cependant la fraction de seconde de retard qu'il jugeait indispensable à la manifestation du respect qu'il portait à son aîné.

Attitude qui n'était pas pour déplaire à Périscope, bien qu'il feignît pour lui-même d'en être un peu agacé.

Bel Ami ne s'appelait pas Bel Ami. Il ne devait ce surnom qu'à l'habitude que cultivait Périscope de noter ses rendez-vous, sur son agenda, par les seules initiales, puis de les retraduire pour lui-même dans des patronymes de son invention. C'est ainsi que Valérie Lecointe était devenue Véhicule Léger, que Gérard Klein se retrouvait GymKhana, ou Gengis Khan (cela variait sans vraiment se fixer, Périscope se demandait parfois pourquoi), et Monique Pelletier, Military Police. Et B.A., Bel Ami. Périscope trouvait dans cette singulière habitude, outre un amusement un peu enfantin, il en convenait volontiers, l'occasion de surprendre parfois quelque élément discret de son contre-transfert, profitant de ce jeu apparemment innocent pour venir lui faire un clin d'œil.

Ce n'était pas d'ailleurs sans présenter parfois un léger inconvénient. Ayant ainsi un jour égaré son carnet d'adresses et devant le reconstituer, Périscope mit un temps fou avant de retrouver Monique Pelletier sous Military Police.

Périscope, lui non plus, ne s'appelait pas Périscope. C'était le nom que pour sa part lui donnait Bel Ami. Pourquoi Périscope ? Parce que Bel Ami, psychanalyste débutant, venait chez lui chaque semaine, depuis la lointaine ville de province où il exerçait, rendre compte de la cure qu'il menait avec Lapatiente. En « contrôle », comme on dit vilainement. Bel Ami préférait de beaucoup « superviseur », et l'on comprendra aisément comment la fonction scopique impliquée par ce terme avait pu donner naissance à Périscope. Quoique, dira-t-on, pourquoi pas Microscope ou Télescope ? Il y avait là du sous-marin tapi, et de la torpille à craindre, mais Bel Ami préférait ne pas s'attarder sur cet aspect un peu inquiétant.

Quant à Lapatiente, elle ne se nommait bien sûr pas, elle non plus, Lapatiente, mais comme c'est de cette seule façon que Bel Ami la désignait et par conséquent sous ce seul nom que Périscope la connaissait, nous devrons nous-mêmes nous en contenter.

Ajoutons que, bien entendu, tant Périscope que Bel Ami ignoraient tout du nom sous lequel chacun d'eux menait sa vie dans l'esprit de l'autre ; et que Lapatiente, non seulement ne savait pas qu'elle s'appelait Lapatiente, mais encore qu'il était question d'elle chaque semaine à six cents kilomètres de son domicile, entre celui qu'elle nommait Monpsy et quelqu'un dont elle ignorait même l'existence. Tous ces personnages par eux-mêmes ignorés se côtoyaient sans le savoir sur ce que nous conviendrons d'appeler « l'autre scène ».

Ainsi donc allaient les choses, depuis un peu plus d'une année. Périscope éprouvait une sympathie certaine pour Bel Ami, qu'il tenait pour un analyste sérieux, solide, sensible, un peu timoré peut-être, mais c'était là péché de jeunesse et à tout prendre il préférait cela à l'arrogance de Mimi Fontaine, toujours sûre d'elle-même, ayant tout vu et tout compris, certaine de détenir la vérité cachée de ses patients, et qu'il n'allait pas tarder d'ailleurs à rebaptiser Mégalo Fanatique.

Bel Ami commença, comme il le faisait toujours, par quelques considérations conviviales et courtoises, sur Paris, le quartier si vivant qu'habitait Périscope, le voyage en T.G.V. et l'intérêt qu'il avait pris à la réunion scientifique de la veille. Périscope avait-il lui aussi apprécié ? Il avait. Ils échangèrent ainsi quelques mots, puis Bel Ami saisit sa serviette et en sortit un bloc-notes, s'excusant d'y avoir recours, mais, dit-il, les trois séances de la semaine avaient été particulièrement denses et riches et il craignait d'oublier des choses essentielles. Périscope n'y voyait pas d'inconvénient ?

— Vous faites comme vous l'entendez, dit Périscope. Mais, vous savez, que vous oubliiez certaines choses n'est pas non plus sans intérêt.

Bel Ami suspendit son geste et un certain désarroi passa dans son regard. Il se demanda fugitivement comment pourrait apparaître l'intérêt d'un oubli si l'on ne savait pas qu'on avait oublié, mais il chassa tout de suite cette pensée : Périscope était un grand théoricien de l'absence et des contours du vide, Bel Ami l'avait souvent entendu parler en public sur ces thèmes. Les « Il est bien clair... » dont Périscope parsemait ses exposés, les « n'est-ce pas ? » qui rivaient ses phrases laissaient Bel Ami dans un état de confusion honteuse, un sentiment d'indigence intellectuelle inavouable. Et bien que Périscope réservât ces développements à ses conférences, et qu'en privé il se montrât tout au contraire très clair, et attentif à son interlocuteur, Bel Ami se sentit un instant menacé d'hébétude.

— Vous avez raison, dit-il en reposant son bloc-notes.

Il regarda un instant les moulures de plâtre au plafond.

— Les trois séances se ressemblent beaucoup, se lança-t-il. Contrairement à ce que je vous disais la semaine dernière, tous ces silences, ces hésitations, là, rien de tel. Un flot de paroles ! À tel point que j'ai eu du mal à l'arrêter en fin de séance.

(On notera ici une des particularités de l'autre scène : les séances y vont par trois. Cette singularité ne retient guère l'attention de Périscope et de Bel Ami, et elle échappe totalement à Lapatiente.)

— Je connais, dit Périscope (qui souvent se soucie de marquer la communauté d'expérience entre collègues, manière selon lui de montrer qu'il n'est pas infatué de son statut et de sa personne, et de conforter Bel Ami), je connais. On guette le point-virgule !

— C'est exactement cela, je guettais le point-virgule, dit Bel Ami avec un petit rire.

Il tenta de rassembler ses idées.

— Elle commence en parlant longuement de René-Pierre. René-Pierre, c'est...

— Je sais, dit Périscope. C'est le collègue qui travaille dans le bureau d'à côté.

— Exactement. Elle a encore croisé René-Pierre dans les couloirs, à la pause de dix heures. Il avait une veste jaune.

Bel Ami s'interrompt et regarde fixement Périscope. Celui-ci attend quelques secondes, puis hoche la tête pour permettre à Bel Ami de poursuivre. Ça y est, pense-t-il, ça recommence !

*

Il nous faut ici marquer une pause et un temps d'explication. Le détail peut paraître anodin, mais il s'agit de cette sorte de minuscule épine irritative qui finit par occuper toute l'attention, et déclencher des émotions sans commune mesure avec son apparente innocence. C'est aussi, jusqu'à présent, la seule ombre au tableau des relations fort harmonieuses entre les deux protagonistes. Bel Ami est affligé d'une sorte de tic ; ou, pour être plus exact, il l'inflige à Périscope, qui s'en trouve de plus en plus affligé. Il s'interrompt à la fin de certaines phrases, et regarde fixement Périscope jusqu'à ce que celui-ci marque de quelque façon qu'il a entendu, compris (mais quoi ?), apprécié.

Si encore ce curieux comportement se manifestait à l'occasion de propositions qui réclament discussion... Par exemple :

— C'est la première fois que Lapatiente dit « Papa », et non pas « mon père ». Ça m'a semblé important. J'en ai été saisi. Comme si elle s'adressait à moi.

Pause. Appel à l'avis ou, à tout le moins, à la réaction de Périscope : voilà qui est tout à fait justifié. Cela arrive, d'ailleurs.

Mais :

— Elle était fatiguée, elle a regardé la télévision toute la soirée.

Silence. Bel Ami fixe Périscope, qui garde un visage impassible et grommelle intérieurement : Qu'est-ce qu'il me veut ? À quoi dois-je acquiescer ? Il ne va pas continuer avant que j'aie fait un signe. Un signe de quoi ?

Périscope est un homme intelligent, qui réfléchit vite. De tels silences déclenchent en lui un nombre impressionnant de pensées, qui ne peuvent aboutir à rien, c'est bien là ce qui l'irrite le plus !

Veut-il me dire quelque chose que je ne saisis pas ? Elle a regardé la télé toute la soirée, bon ! Moi aussi d'ailleurs. Est-ce que j'ai oublié quelque chose ? Télé... Soirée... Je ne vois pas Et puis zut ! Ce type cherche à exercer une sorte de pouvoir sur moi, à me faire agir. Gratuitement, ce qui est le comble du pouvoir. Oh là ! Doucement ! Tu t'emballes. Il demande quelque chose, c'est bien clair, n'est-ce pas ? Même si tu ne sais pas quoi. Ni lui.

Et Périscope hoche la tête, oui, elle a regardé la télé toute la soirée...

Bel Ami poursuit, sans marquer la moindre gratitude. Non, il ne demandait rien, il attendait, c'est tout. Et il récidive immédiatement.

— Des émissions sans intérêt. Elle ne peut pas s'en passer, et elle se le reproche. Elle en a parlé avec Éliane, sa collègue de bureau, qui vit elle aussi seule.

Silence. Les yeux de Bel Ami droit dans les yeux de Périscope, qui se demande si son regard laisse passer quelque chose de son exaspération. Cette fois, il ne va rien dire, rien faire, on verra combien de temps cela dure !

Cela dure. Continuer à soutenir ce regard immobilisé ? Vide, bovin ? Non, tu exagères, pas vide ni bovin, non, mais... quoi ? Détourner les yeux ? Attendre en regardant les fleurs sur la cheminée ? Allez, il faut tenter quelque chose.

— Qui vit elle aussi seule..., dit Périscope d'un air pensif.

Bel Ami semble un peu étonné.

— Oui. Vous pensez que c'est important ?

Heureusement, c'est l'heure de s'arrêter.

*

Cela ne peut plus durer, Périscope est décidé à agir. Sans doute, se dit-il, Bel Ami ne voit-il pas malice dans son curieux comportement. Peut-être même ne s'en aperçoit-il pas lui-même ? Et s'il répétait là ce qu'il a subi dans son enfance ? À cette hypothèse, qu'il est souvent enclin à faire et qui s'est parfois révélée fructueuse, Périscope sent son intérêt se réveiller, et même une certaine affection apitoyée pour Bel Ami : voilà ! On ne lui permettait pas de parler sans permission, quand il était petit, c'est peut-être aussi simple que cela ! Ce qu'il sollicite ainsi immobile, tête dressée et yeux fixés sur Périscope, c'est le hochement de tête qui l'autorise à poursuivre.

Ou bien serait-ce... Une autre idée surgit dans l'esprit de Périscope, une idée vraiment audacieuse, excitante. Il faut dire qu'il prépare actuellement une conférence qui fera date, sur « L'évolution contemporaine des conceptions freudiennes de l'inné et de l'acquis dans le déterminisme psychique ». Il en attend beaucoup : ce sera une vaste synthèse qui jettera des ponts définitifs entre la psychanalyse et les disciplines nouvelles, le cognitivisme et les neurosciences, un retentissement mondial assurément... Et lorsque Périscope est engagé dans une recherche, une sorte d'état de grâce propre aux grands chercheurs lui fait en toute occasion trouver des matériaux pour sa thèse.

La constitution, donc, voilà peut-être la clé. La

qualité constitutionnelle de la libido. Freud a décrit la visqueuse, et la torrentielle, Périscope va poursuivre l'œuvre, ajouter des chapitres, et Bel Ami tombe à pic. Il pourrait s'agir d'une variante bien spécifique de la libido visqueuse. Comment l'appeler ? Entravée ? Hoquetante ? Ou alors... oui ! Avec cette simplicité du génie qui sait trouver dans le quotidien le plus trivial les aliments de la plus haute réflexion, la Libido Omnibus. S'arrêtant à chaque étape. Requérant le sifflet du chef de gare — Périscope lui-même en l'occurrence — pour pouvoir repartir. Périscope imagine bien. Il lit déjà dans l'*International Journal* l'immanquable référence : le concept si fructueux de « Libido Omnibus », que nous devons à Périscope...

C'est donc avec un intérêt tout particulier que Périscope attend la prochaine séance de supervision de Bel Ami, et lorsque, à midi très précise, le mardi suivant, la sonnette retentit, c'est avec un inhabituel empressement qu'il va lui ouvrir, un très amical sourire et une chaleureuse poignée de main. Il lui désigne aimablement le fauteuil et lui demande, enjoué, des nouvelles de la lointaine province. Il prolonge inhabituellement le bavardage préliminaire et convivial, ordinairement assez court et convenu. Bel Ami se dit que Périscope est particulièrement en forme aujourd'hui. Peut-être même légèrement... hypomane ? Il chasse cette pensée.

— Eh bien ! dit-il en saisissant ses notes, pour en venir à Lapatiente...

Périscope se carre dans son fauteuil, les yeux mi-clos.

— ... elle va occuper presque toute la première séance au récit de ses difficultés professionnelles. Elle a encore eu un accrochage avec sa chef de service, pour un rapport qui n'avait pas été rendu dans les délais impartis. Elle a protesté de sa bonne volonté, des obstacles qu'elle a rencontrés, en particulier auprès de tel ou tel collègue, rien n'y a fait. Cela m'a rappelé ce qu'elle disait il y a quelque temps, dans des termes très voisins, de l'impossibilité de satisfaire sa mère, qu'elle éprouvait dans son enfance. Je dis des termes très voisins, mais en fait ce sont les mêmes mots : «jamais contente», «qu'est-ce que j'y peux, moi?», cette formule qui est si souvent revenue et dont nous nous étions demandé, parce qu'elle l'employait toujours au présent, la signification actuelle, transférentielle...

Et Bel Ami poursuit ainsi, disert et léger. Périscope derrière son masque impassible se renfrogne un peu. Voilà que le symptôme disparaît, au moment même où l'on veut mettre la main dessus ! Ce tic qui irritait si fort Périscope, il enrage maintenant de ne plus le retrouver. Vingt bonnes minutes déjà. Il ne s'arrêtera donc pas, le bougre ! Ce n'est plus omnibus (Périscope voit avec regret s'estomper son concept), c'est rapide, c'est express, que dis-je? c'est T.G.V. ! Il se prépare même à intervenir, à dire à Bel Ami de reprendre son souffle lorsque...

— ... bien sûr, elle n'est pas vraiment dupe, elle sait bien que cet intérêt obsédant pour René-Pierre n'y est pas pour rien. Elle ne dit pas « obsédant » ! Mais : j'ai l'esprit occupé...

Ça y est ! Il s'est coincé ! Arrêté net. Périscope note que la tête est comme haussée sur le cou, très légèrement inclinée ; que les yeux sont fixement rivés aux siens ; que le corps est parfaitement immobile. Jubilation du chercheur au moment crucial de l'expérience, le pouls s'accélère, l'esprit s'aiguise. En un instant Périscope a pris sa décision : il ne fera pas un geste, ne dira pas un mot. La frustration, voilà l'outil majeur du scientifique ! Elle seule, refusant l'illusion de la satisfaction, permet que se dévoile le véritable objet du désir.

Ils sont tous deux face à face, absolument immobiles, les yeux dans les yeux. Combien de temps ? S'il l'osait, Périscope regarderait sa montre, mais ce serait rompre l'immobilité à laquelle il doit s'astreindre. On ne se soucie jamais assez de l'influence de l'observateur et de ses instruments sur le phénomène observé !

Il doit bien s'être écoulé une vingtaine de secondes, quand un léger frémissement agite les feuillets que Bel Ami tient à la main. Et brusquement, comme en un hoquet, il repart.

— Elle dit que ce n'est pas vraiment sa faute : René-Pierre n'a pas cessé d'aller et venir, de pénétrer dans le bureau pour des motifs plus ou moins futiles. Elle ne dit pas qu'il la provoque, mais on sent qu'elle n'est pas loin de le penser. Je crois qu'on retrouve là cet aspect projectif de sa personnalité, qui nous inquiétait un peu au départ. Lorsqu'elle parlait de son père, en particulier...

Nouvel arrêt. Trente secondes au moins, cette fois. On entend une petite mouche voler. Parfaite impassibilité de Périscope. Le redémarrage se fait à l'identique. Peut-être pourrait-il en arriver à se bloquer complètement ? À ne plus jamais repartir ? Terminus, le dépôt. C'est une idée un peu inquiétante, que Périscope chasse rapidement. Il sera temps alors d'intervenir. Mais il n'y a pas de variation significative des temps de stase, pas d'aggravation. Entre quinze et quarante secondes, de façon aléatoire.

Bel Ami a-t-il conscience de ses arrêts ? C'est une question importante. Il n'en manifeste rien. Seulement ce petit vacillement hoqueteux, au moment des reprises. Comme l'ordinateur lorsqu'il affiche « Erreur système. Redémarrer ». La comparaison est exaltante : peut-être un modèle informatique...

Onze arrêts en tout, Périscope les a comptés soigneusement. Il ne peut s'empêcher de penser à son enfance bretonne et au petit train du samedi, entre Rennes et Dinard. Il est d'humeur radieuse, et c'est avec cordialité qu'il raccompagne jusqu'à la porte et serre chaleureusement la main d'un Bel Ami qui lui semble légèrement hébété. Il faudra quand même être prudent, le scientifique a des responsabilités envers le sujet de son étude. Particulièrement dans les sciences humaines.

À peine la porte refermée, Périscope fonce à sa table de travail.

*

Dans cet univers parallèle qui échappe totalement à nos deux... non ! à nos trois protagonistes, sur « l'autre scène », une onde de choc vient de naître. Comme sur l'eau tranquille de l'étang le plongeon d'une grenouille quittant la feuille de nénuphar, l'acte de Périscope, sa *décision* (car s'abstenir d'intervenir est décision, portant sur cette singularité qu'est l'inexplicable et récurrente panne de Bel Ami, peut-être d'ailleurs qu'un modèle thomiste de la catastrophe... mais laissons cela à Périscope !), cet acte donc a engendré une ride qui n'en finira pas de s'étendre, de gagner tous les recoins de l'étang, de clapoter dans les roseaux, de troubler un instant la nage des petits canards près de l'autre rive, voire de soustraire à l'ultime instant la mouche à la gueule de la perche qui s'apprêtait à la gober. Et ladite perche se retournera sur un alevin de tanche qui sans cela eût mené une longue vie, eût peuplé l'étang d'une descendance nombreuse, alors même que l'espèce était en voie d'extinction, et le brochet... et le héron...

mais on n'en finirait pas de parcourir l'arborescence fractale à croissance exponentielle issue du plongeon de cette grenouille qui ne sait même pas pourquoi elle a quitté la feuille de nénuphar !

C'est cette onde, et ses effets, que nous nommerons : interprétation.

★

Bel Ami a composté machinalement son billet et parcourt l'interminable quai, à la recherche de la voiture 20 du T.G.V. Pourquoi a-t-il toujours droit aux wagons les plus éloignés ? Et, cela se confirme encore cette fois-ci, aux places qui tournent le dos à la marche du train ? Il sourit de son agacement et s'installe, sa serviette à portée de la main, il veut profiter des trois heures de voyage pour travailler un peu, et d'abord prendre quelques notes comme il le fait chaque fois à l'issue de ses séances de supervision. Mais peut-être, d'abord, un croque-monsieur au wagon-bar ? Mieux vaut alors s'y rendre tout de suite, avant qu'il n'y ait foule...

On le voit, l'esprit de Bel Ami ne semble pas particulièrement troublé par la séance à laquelle nous venons d'assister. Apparemment du moins. Car l'observateur attentif à son état d'âme que nous sommes ne peut laisser échapper deux constatations, même si l'objet en semble ténu.

D'une part il ne serait pas exact de parler, s'agissant de son humeur, de parfaite quiétude.

Bel Ami est, légèrement mais indéniablement, soucieux de l'état psychique de son superviseur. Cette inhabituelle jovialité au début, puis à la fin de la séance... Et à l'opposé, cette passivité pendant son déroulement... Une passivité vide, déshabitée, sensible dans le regard sans âme qui fixait Bel Ami... Cyclothymie ? Mais il ne semblait pas vraiment mélancolique. Plutôt absent. C'était un peu préoccupant.

Après tout, Périscope a peut-être tout simplement des soucis, de santé, qui sait ? Ou professionnels ? Ou familiaux, qui n'en a pas ? Les pensées de Bel Ami quittent Périscope, mais ne s'en allègent pas pour autant. Accoudé devant la fenêtre du wagon-bar, en attendant que son croque-monsieur soit prêt, il regarde défiler la banlieue parisienne. Le T.G.V. glisse, de plus en plus vite, dans ce paysage dont il connaît maintenant, il s'en aperçoit, les moindres détails. Ces entrepôts de briques noircies dont il ne peut s'empêcher de déchiffrer, comme chaque fois, la raison sociale peinte en grandes lettres à demi effacées : Le Perforé Parisien. Ce carrefour, le café-tabac, et la petite maison de meulière au minuscule jardin occupé d'un gigantesque sapin deux fois plus grand qu'elle... À chacun de ses voyages hebdomadaires, et ils commencent à être nombreux, le même paysage, que seules les saisons déclinent sans jamais le renouveler.

Cette répétition, dont il n'a jamais autant qu'aujourd'hui pris conscience, — c'est là l'objet de notre second constat — suscite chez Bel Ami un léger accablement. L'immuable retour du même, l'impression d'immobilité, paradoxale dans ce train lancé maintenant à toute vitesse, appellent des pensées moroses : ma vie comme ce train, je vieillis très vite, mais rien ne change... On le voit, sans en rien savoir, Bel Ami qui se pense T.G.V. rejoint Périscope qui le voit omnibus dans ses métaphores ferroviaires, même si elles sont apparemment opposées. C'est là un fugitif aperçu de l'autre scène qui n'est donné qu'à nous, mais échappe aux acteurs, aux simples mortels.

Bel Ami rejoint sa place et ouvre sa serviette. À chaque aller, il relit ses notes des dernières séances, à chaque retour il ajoute quelques remarques issues de la supervision. Le même rituel, là encore, immuable, indéfiniment répété. Et pour faire bonne mesure, Bel Ami qui feuillette ses pages à rebours, remontant les semaines et les mois, s'arrêtant sur les passages qu'il a soulignés, est pour la première fois saisi de la même impression d'accablante répétition. René-Pierre, le bureau, sa mère, René-Pierre, la chef de service, jamais contente, qu'est-ce que j'y peux ?, René-Pierre...

L'humeur de Bel Ami, refermant son classeur et se laissant aller en arrière sur son siège, regardant les yeux mi-clos les prés et les champs qui défilent, n'est pas gaie. Il se demande si ce n'est pas la curieuse impression d'absence, de passivité morne, qu'il a ressentie chez Périscope, qui a déteint sur lui. En quoi il n'est pas très loin de la vérité, que seul connaît le Grand Superviseur, spectateur unique et un peu ricanant de l'autre scène.

★

— Je me demande si je n'aurais pas mieux fait d'aller me promener, au lieu de venir ici, dit Lapatiente à peine installée sur le divan. Je suis en rogne, je ne peux penser à rien d'autre. Je viens de... passez-moi l'expression, mais m'engueuler avec ma chef, il n'y a pas d'autre mot ! Figurez-vous...

Bel Ami soupire dans son fauteuil, en prenant soin que cela ne s'entende pas. Quoique ce ne soit pas l'envie qui lui en manque.

— ... qu'on me reproche ça, alors que je fais vraiment tout ce que je peux, ça me dépasse, je devrais m'en foutre, mais chaque fois ça me chantourne !

Bel Ami dresse l'oreille. « Chantourne » ? Chamboule, retourne... Chantourner, ce n'est pas un terme de menuiserie ? Habituellement, il ne manque pas de relancer une anomalie de ce genre, en répétant le mot, ou simplement par un « Oui ? ». Mais aujourd'hui, il manque vraiment d'enthousiasme. Au point de n'avoir même pas la force, ou l'envie, d'un grognement. Et puis, c'est trop tard, ces choses-là se font tout de suite ou pas du tout, elle en est déjà bien loin.

— ... c'est tout ce que j'ai retrouvé, ça m'est revenu d'un coup, en parlant de Marie-Jeanne. Le rêve était beaucoup plus long, mais j'ai tout oublié.

Marie-Jeanne ? Quelle Marie-Jeanne ? Le rêve ? Un rêve ! Il a loupé un rêve, alors qu'il ne cesse de déplorer qu'elle n'en apporte jamais. Il en parlait justement à Périscope hier, mais Périscope n'a pas paru intéressé, il n'en a rien dit. Il faut dire que Périscope parle de moins en moins, ces derniers temps. Mais ce n'est pas de Périscope qu'il s'agit, c'est de toi, Bel Ami, fameux analyste qui pense à autre chose et n'écoute pas ses patients ! Un rêve ! Peut-être qu'elle va le reprendre ?

— C'est peut-être ça, d'ailleurs ? Ma tante Jeanne, celle qui ne s'est jamais mariée, Marie-Jeanne, marier Jeanne ! Pourquoi d'ailleurs elle n'était pas mariée ? Je ne comprenais pas, quand j'étais petite, il y avait quelque chose de mystérieux, un secret que connaissaient les grands...

Bel Ami n'y comprend rien lui non plus, il se sent stupide et honteux. Et parfaitement inutile, elle associe toute seule, il est largué. Il n'ose même pas un Oui ? de relance, ce serait mimer l'attention, rattraper le train en marche (tiens !). Il a le sentiment accablant d'assister à quelque chose qu'il n'est pas digne de voir ou d'entendre. Il se tait. Elle poursuit.

— C'était souvent comme ça. Les grands savaient des choses, que je n'étais pas digne d'entendre. Ou *faisaient* des choses, que je n'étais pas digne de voir ! (Petit rire.)

Voilà qui devrait permettre à Bel Ami de raccrocher son wagon, pensera-t-on ? Pas du tout. Il est comme paralysé, d'entendre Lapatiente dire ce qu'il pense, ce qu'il rumine plutôt. Il a le vague sentiment d'une inversion bizarre des rôles.

— ... pas plus que ça *(ça ?)* ; au fond c'est bien ce que dit mon rêve ! C'est moi qui sait et elle *(elle ?)* qui ne sait pas ce que je sais.

Qui sait quoi ? Qui est « elle » ?

— ... et qui sait ? Peut-être qu'elle, c'est moi ! C'est devenu moi, en tout cas c'est bien ce que dit le rêve. Je prends sa place, et je la mets à la mienne.

Accablé Bel Ami. Comment va-t-il rendre compte de ça à Périscope ? Un coup d'œil à sa montre le fait sursauter. Il ouvre la bouche pour la première fois :

— Bien.

Cela ressemble à un coassement, pense-t-il.

⋆

Lapatiente sort de chez Bel Ami et entre dans le parc voisin, qu'elle traverse pour aller à ses séances comme pour en revenir. Ces allées, elle les a mille fois parcourues, empruntant toujours le même itinéraire, à droite du petit lac, puis le kiosque, puis la grande circulaire jusqu'au jeu de boules... Et voici qu'aujourd'hui elle a pris, sans s'en apercevoir, à gauche du lac ! Et que son pas, habituellement vif, s'est considérablement ralenti. Un pas de flâneuse, presque hésitant. Elle se promène, en somme, et d'abord dans ses pensées.

Monpsy était bizarre aujourd'hui. Pas un mot ! Cela arrive, bien sûr, mais il y a toujours ces « Oui ? » par lesquels il la relance, souligne ce qu'elle vient de dire, l'amène à poursuivre. Aujourd'hui rien, pas même un grognement. Un silence... remarquable ! Et puis, cet air égaré, en la raccompagnant, cette poignée de main molle, flottante... Ce n'est pas dans sa manière.

Mais ces pensées cèdent vite le pas à d'autres, beaucoup plus riantes. Elle se sent merveilleusement bien ! Légère, gaie, amusée d'un rien, de l'air digne et suspicieux du cygne sur le lac, de ce vieux couple au pas chancelant qui se dirige vers un banc, et s'y installe péniblement. Et pourquoi ne s'assiérait-elle pas, elle aussi ? Rien ne la presse !

Elle choisit un banc de l'autre côté de l'allée, presque en face du leur. C'est la fin d'une belle journée d'automne, il y a des taches de soleil qui dansent sur les pelouses, il ne fait pas encore frais, ou alors si légèrement que c'en est un plaisir.

Tout est plaisir, d'ailleurs : la très faible brise sur son visage, les jaunes et les roux des hêtres, le calme et le silence, non, ce n'est pas du silence, c'est un bain de sons très légers, le frémissement des feuilles et des cris d'enfants qui passent comme des hirondelles, tiens ! Les hirondelles sont encore là ! Et aussi un gros merle dodu au bec plus jaune que jaune et au plumage plus noir que noir, qui tire de toutes ses forces sur un ver de terre à demi sorti du sol, si le ver cède le merle va en tomber sur le cul ! Elle rit tout haut et les deux vieux la regardent, alors elle leur sourit, les deux vieux sourient vaguement aussi et tout de suite regardent ailleurs.

Ses parents seront-ils ainsi, dans quelques années ? Iront-ils se promener à petits pas dans un parc, quand les fins d'après-midi sont douces ? L'image de sa tante Jeanne, évoquée par la Marie-Jeanne du rêve, lui revient. Voilà bien quelqu'un à qui elle n'avait pas pensé depuis fort longtemps. Elle vit très loin d'ici, ne donne jamais de ses nouvelles, la seule chose certaine, c'est qu'elle ne s'est jamais mariée et ne se mariera jamais, mais pourquoi ? C'est le mystère de la famille.

Un tout petit enfant passe devant elle, d'un pas trébuchant, mal assuré, il ne doit pas marcher depuis bien longtemps. Il semble surgir de nulle part, mais nous ne pouvons douter, à ce qu'il traîne au bout d'une ficelle un petit train dont les wagons de bois peints en rouge vif cahotent autant que l'enfant sur les graviers de l'allée, nous ne pouvons douter qu'il vienne de l'autre scène. Et qu'il va y retourner incessamment.

Il s'arrête quelques secondes devant Lapatiente, la dévisage d'un air très sérieux, puis repart et le train repart derrière lui. Ce bref instant a suffi pour déposer un peu de douleur dans le cœur de Lapatiente. Un petit enfant... Aura-t-elle jamais un petit enfant comme celui-là, sérieux comme un ange ? Elle a vingt-huit ans déjà, elle est seule. Depuis toujours.

Elle en parle parfois, dans l'analyse. C'est toujours pour évoquer René-Pierre. Tiens, aujourd'hui, elle n'a pas parlé de René-Pierre, elle n'a pas pensé à lui pendant la séance. Ce doit bien être la première fois ! Elle comprend brusquement à quoi lui sert cette obsession de René-Pierre, cette continuelle et torturante rumination. Ce n'est pas une illumination, c'est comme une évidence depuis toujours installée, simplement pas aperçue. René-Pierre sert à occuper tout l'espace des désirs possibles, des rêves pas encore rêvés. Elle pourrait pendant des années continuer ainsi, avec au fond du cœur la certitude qu'il ne se passerait jamais rien, rien d'autre que ces histoires qu'elle se raconte, qu'elle se racontait... Une question qu'elle ne s'est jamais posée et qui surgit, stupéfiante : elle ne s'est jamais demandé si elle avait *envie* de lui !

Il est d'ailleurs plutôt quelconque, René-Pierre. Le genre bellâtre qui prend de l'âge, un peu fat... Exit René-Pierre, sans douleur aucune. Et s'ouvrent d'autres pensées. Peut-être, en fin de compte, va-t-elle accepter la proposition de Marie-Jeanne, de partir toutes deux en vacances à Noël, au ski ? Danser. Rencontrer des gens. Des hommes...

C'est la seule chose qu'elle ait délibérément cachée, dans son analyse. Oh ! Elle a bien dit sa difficulté à fréquenter des garçons, sa gaucherie, son malaise, sa peur, quoi ! Enfin, au début, parce que, ensuite, René-Pierre a tout obturé. Mais ce qu'elle n'a jamais dit à Monpsy, c'est... comment dire ? Qu'elle n'a pas... qu'elle n'a jamais... jamais... fait l'amour avec un homme. Jamais ! À vingt-huit ans.

Jamais fait, jamais dit.

Il va bien falloir en parler. Cela ne lui semble plus impossible. Elle se lève du banc. Le petit enfant a disparu.

*

— Vous connaissez cette vieille histoire, dit Périscope, de l'analyste qui entend pendant des années son patient parler d'un secret qu'il ne peut absolument pas révéler ?

Bel Ami dit que non, il ne la connaît pas. Il vient de raconter, avec la plus grande gêne, sa coupable inattention. Pour une fois que Lapatiente apportait un rêve ! Il se fait d'amers reproches, et n'apprécie guère que Périscope semble prendre cela à la légère. Il se veut défaillant, il y tient.

— Eh bien, poursuit Périscope épanoui, un jour, l'analyste, qui a renoncé depuis longtemps à connaître le fameux secret, qui doute même qu'il y en ait un, s'assoupit dans son fauteuil. Et se réveille pour entendre le patient lui dire : « Ouf ! J'ai enfin pu vous le dire, je suis tellement soulagé ! Je crois que je peux partir, maintenant. »

— Ha, ha, fait Bel Ami lugubrement.

Sans doute Périscope cherche-t-il à détendre l'atmosphère, à le soulager un peu du poids de sa faute, car c'est bien une faute, et grave ! Cela part d'un bon sentiment, mais Bel Ami ne peut s'empêcher de trouver quelque peu agressif ce ton de plaisanterie.

Il n'a pas tort. Périscope est très agressif. Mais pour une raison que ne peut soupçonner Bel Ami. Périscope est enragé, au fond de lui. Il a travaillé toute une semaine sur la « Libido Omnibus », construit de brillantes hypothèses, un modèle qui emprunte à l'école de Palo Alto tout autant qu'à la grammaire générative et aux dernières avancées en matière de neurobiologie, pour revisiter Freud sans le critiquer, un chef-d'œuvre dont il attend beaucoup. Il attendait impatiemment Bel Ami pour tester ces décisives avancées. Et Bel Ami ne fait plus l'omnibus ! Plus aucun de ces arrêts de la parole et de la pensée qui n'avaient jamais manqué jusque-là !

— Il y a certainement, dans ce rêve, quelque chose que vous n'avez pas voulu entendre, quelque chose du transfert que vous cherchez ainsi à éviter, reprend Périscope avec une pointe de perfidie. *(Je vais le pousser un peu dans ses retranchements, c'est bien le diable s'il ne me refait pas un arrêt... arrêt... cardiaque? Au fait, ne pas oublier ce rendez-vous chez le cardiologue, demain. C'est quand même préoccupant, cette tachycardie...)* Il ne faut jamais oublier les rendez-vous... je veux dire, les... zut! Je ne trouve pas le mot, les...

Il a des pannes, pense Bel Ami. Une histoire de vascularisation?

— ... les... entourloupes, disons, que peut nous jouer le transfert. Ce rêve, vous l'avez entendu, même si vous ne le savez pas. Voyons! Laissez-vous associer librement, cela va certainement resurgir. Il était question d'une Marie-Jeanne...

Marie-Jeanne... Dame-jeanne... Eau-de-vie... Croix-de-Vie, ah oui!

— Oui, ça me revient, elle en a parlé beaucoup au début, j'avais oublié son nom. C'est son amie d'enfance, sa seule amie d'ailleurs, je crois, elles étaient toutes les deux originaires de Saint-Gilles-Croix-de-Vie et s'étaient retrouvées par hasard.

— Vous voyez, dit Périscope. Ah! Saint-Gilles-Croix-de-Vie... J'y passais toutes mes vacances quand j'étais enfant. Il y avait un petit train à vapeur qui allait à Saint-Jean-de-Monts... *(Tiens, le voilà, mon omnibus! Mais pourquoi je lui raconte ça?)*

— Oui, dit Bel Ami avec un sourire attendri. *(Mais pourquoi il me raconte son histoire de petit train à vapeur?)*

— Bon, revenons à nos wagons. (Ça lui a échappé, il assume.) Continuez.

— Je ne sais pas, fait Bel Ami d'un ton piteux. Non, ce rêve m'a vraiment échappé. Je ne l'ai littéralement pas entendu. Je crois que ce qu'elle, elle en tirait, c'est une sorte de prise de conscience : qu'elle prend la place de sa mère, ça c'est certainement d'une coloration très œdipienne. *(Comment je parle !)* Et tout cela par rapport à ce que les grands savaient, faisaient, le sexuel évidemment, la scène primitive... *(À voir la tête qu'il fait, je vais me faire ramasser ! J'en ai marre de me sentir tout petit avec lui ! Après tout, j'ai vingt-... tiens ! quarante-huit ans !)*

Décidément, ce garçon n'est pas très intelligent, pense Périscope. Il prend congé froidement de lui, va s'asseoir à sa table de travail. Parcourt les derniers feuillets. Tout ce qu'il a écrit, tout le beau modèle destiné à soutenir le concept de Libido Omnibus lui semble baroque. Sans intérêt. Il n'en a plus envie. En entassant les feuilles sur le coin de la table, pas très loin de la corbeille à papier, il pense au petit train à vapeur de Saint-Gilles-Croix-de-Vie à Saint-Jean-de-Monts. Il y a si longtemps. Sans doute n'existe-t-il plus, remplacé depuis belle lurette par un autocar.

En quoi il se trompe.

*

— C'était comment, Paris aujourd'hui ? demande l'épouse de Bel Ami qui vient de rentrer.

— Rien de spécial. Le train-train habituel.

— Je te trouve l'air fatigué, préoccupé. Tu as des soucis ?

— Besoin de vacances, sûrement. Je ne me débrouille pas très bien dans mes analyses, en ce moment. Des moments d'inattention.

— C'est grave ? Après tout, tu m'expliquais l'autre jour, ce que tu appelles... comment déjà ? Ah oui ! L'attention flottante. Ce n'est pas ça ?

— Flottante, oui. Mais la mienne coule ! Qu'est-ce que c'est que ça ?

— Ça quoi ?

— Cette musique ?

— C'est Mariette, bien sûr, qui fait hurler sa chaîne dans sa chambre comme toujours. Je lui ai dit mille fois...

— Chut, écoute.

Félix Leclerc chante :

Tchou, tchou, tchou, le train du Nord
Le train du Nord a perdu l'Nord
Le train du Nord a perdu l'Nord
Et c'est pas moi qui vais l'blâmer,
Non !

⋆

L'onde s'est heurtée aux rives de l'étang, elle revient maintenant vers son point de départ.

Beaucoup plus faible, mais perceptible quand même. Elle agite très légèrement les feuilles de nénuphar, fait danser encore une fois les araignées d'eau. Elle parvient jusqu'au cygne qui fixe Lapatiente assise sur son banc du même œil soupçonneux et altier. Elle regarde sa montre : huit heures et demie, elle a encore un quart d'heure devant elle avant sa séance. C'est décidé, elle va en parler. Et elle va partir au ski avec Marie-Jeanne, elle a dit oui, les billets de chemin de fer sont retenus. L'onde atteint le grand cygne qui ne la sent pas, mais elle suffit pour le faire imperceptiblement osciller. Déclencher en lui une minuscule réaction. Lapatiente est stupéfaite. Elle l'a vu clairement, ce n'est pas une hallucination : le cygne lui a cligné de l'œil !

Pour en finir avec les cafards

Vessage éteignit la télévision d'un tir précis de la télécommande qu'il reposa avec un sourire de satisfaction. Il se leva péniblement du canapé, considéra d'un œil fatigué la bouteille de whisky et le verre sur la table basse, décida qu'il serait bien temps de les ranger le lendemain et en traînant les pieds partit en excursion dans la cuisine. Les deux comprimés de Médostane qu'il devait prendre chaque soir, un verre d'eau... Il déplaça deux verres à pied sur l'étagère, pour attraper le vieux verre à moutarde qu'il réservait à cet usage, et s'arrêta brusquement. Quelque chose avait bougé au fond, quelque chose de furtif, mais il l'avait vu distinctement. Encore un cafard? Il avait pourtant procédé à une extermination massive la semaine précédente, la maison avait pué pendant trois jours, toutes fenêtres ouvertes, mais le résultat en valait la peine : des cadavres partout le lendemain matin, et depuis plus une seule de ces sales bêtes. Jusqu'à ce soir. Il jura tout bas.

Il fallait en avoir le cœur net. Il entreprit de retirer tous les verres, qu'il déposa un à un sur le plan de travail de la cuisine. Oui, c'était bien un cafard, un gros, qui tentait frénétiquement de se glisser dans le minuscule intervalle entre la planche et le mur, sans y parvenir. Sa fureur balayant son dégoût, il saisit entre le pouce et l'index le corps de la bête et l'extirpa de son refuge. Énorme ! Gras. Jaune brun. Les pattes et les antennes s'agitaient, le corps se tordait entre les doigts de Vessage, deux petits yeux, des pointes d'épingles noires, semblaient le fixer.

C'était peut-être le dernier rescapé, plus résistant que les autres ? On pouvait l'espérer. Si oui, alors Vessage avait eu beaucoup de chance ce soir : il allait définitivement parachever la destruction de l'immonde colonie. D'autant que celui-ci était probablement une mère, grosse de milliers d'œufs, prête à repeupler la cuisine en quelques jours, peut-être quelques heures, qui sait ? La capacité de ces insectes à se reproduire semblait illimitée.

Vessage éleva sa main à hauteur du visage et regarda le cafard droit dans les yeux. Il se sentait l'âme d'un justicier, froid et implacable. Il resserra doucement les doigts qui tenaient l'insecte et perçut la très faible résistance de la carapace, puis le léger craquement quand celle-ci commença à céder. Lentement, très lentement, il poursuivit sa pression. Le cafard cessa de se débattre, et un jus, un sang? vert pâle, presque transparent, commença à suinter de son abdomen et coula sur la main de Vessage. Il sourit, continua à serrer, et l'intérieur du corps de la bête, des tripes? se répandit sur ses doigts et sa paume. Il s'émerveilla de n'en éprouver aucune répulsion. Après un dernier regard à l'ennemi anéanti, il se débarrassa du cadavre dans la poubelle, puis ouvrit le robinet sur l'évier et se lava les mains à l'eau froide. Il s'essuya avec le torchon à vaisselle, puis, satisfait, remit les verres en place, sauf le verre à moutarde qu'il emplit d'eau.

Il fit tomber les deux comprimés de Médostane dans sa main gauche, les enfourna d'une lancée dans sa bouche et but une longue goulée du verre qu'il tenait de la main droite. Les gestes s'enchaînaient rituellement. Ses yeux, par-dessus le bord du verre, tombèrent sur sa paume gauche encore ouverte, et s'écarquillèrent : une tache verte ressemblant au continent africain s'y étendait, et la peau à cet endroit semblait se boursoufler légèrement. Vessage eut un haut-le-cœur et reposa précipitamment le verre d'eau pour examiner plus attentivement sa main.

Non seulement la peau se soulevait à l'endroit de la tache verte, mais elle semblait se fendiller, de minuscules crevasses se ramifiaient, croissant et se creusant à vue d'œil. L'esprit paralysé, Vessage se saisit du savon de Marseille, ouvrit en grand le robinet d'eau chaude et entreprit de se laver frénétiquement les mains. Un nouvel examen lui montra que la situation ne faisait qu'empirer. Les crevasses gagnaient en extension et en profondeur ! Il attrapa le détergent à vaisselle, puis le flacon d'eau de Javel sur le rebord de l'évier et s'inonda les mains. L'eau était devenue brûlante, mais il n'en avait cure. Il se versa même de la poudre à récurer, et frotta à s'en arracher la peau, puis craintivement regarda de nouveau. Rien de changé et même...

Et même, dans le fond des crevasses qui semblaient maintenant atteindre toute l'épaisseur de sa main, quelque chose... bougeait ! Des choses, des centaines de petites choses, des... non ! Mais l'évidence s'imposait : c'étaient de minuscules cafards qui grouillaient dans sa chair !

Il se redressa, plein d'une terreur sans mots. Et à ce moment, une nouvelle vague d'horreur le submergea. À l'intérieur de son propre corps, au niveau de l'estomac, de façon de plus en plus perceptible, il ressentait un grouillement qui s'amplifiait. Les cachets ! C'étaient les cachets qui avaient reposé dans sa paume et sans doute entraîné avec eux cette... chose ! Il hurla.

Et se réveilla trempé de sueur, assis sur le canapé devant la télévision dont l'écran ne montrait plus qu'une sorte de neige absurde et laissait entendre un léger grésillement qui emplissait l'appartement silencieux.

Il se leva, égaré, regarda ses mains intactes, et

se servit un copieux verre de whisky, qu'il avala presque d'un trait. Il ouvrit en grand la fenêtre et regarda au-dehors la ville endormie, attendant que se calment les battements de son cœur. Il ne parvenait pas à ordonner ses pensées. Lui qui se désolait de ne presque jamais rêver, il avait là un sacré morceau à apporter demain à sa séance chez Joumblatt. En espérant que celui-ci lui laisserait le loisir de le raconter : parfois, les séances étaient si courtes qu'il n'avait pas le temps de rassembler ses pensées et de commencer à parler que déjà Joumblatt se levait et prononçait l'immuable « Bon ! Restons-en là ! ».

Vessage ne lui en voulait pas, bien au contraire, il lui était reconnaissant de se montrer intraitable envers ces résistances qui lui paralysaient l'esprit. Quoique, parfois, il trouvât cela bien dur. Mais qui a dit que l'analyse était une partie de plaisir ? Comment sans douleur accepter l'abjection de ce moi tout occupé à méconnaître son aliénation ? Comment sans cela espérer éprouver... non, recevoir... non ! Entrer dans, voilà ! Entrer dans la castration symbolique, et toucher à la grâce ?

Mais il ne fallait pas que ce rêve, ce cauchemar plutôt, s'efface d'ici demain. Il saisit un papier et un stylo, écrivit « Mère cafard, écrasée, tache dans la main, crevasses, petits cafards dans la main et dans l'estomac ». Il posa la feuille en évidence sur la table et partit dans la cuisine prendre ses comprimés de Médostane, saisissant le premier verre à sa portée et prenant soin de ne pas regarder ce qu'il pouvait bien y avoir d'autre sur l'étagère.

★

La salle d'attente de Gérard Joumblatt était, comme à l'habitude, pleine de patients en attente de leur séance. « Grouillante », ne put s'empêcher de penser Vessage. Ses craintes de la veille étaient vaines : le souvenir du rêve ne l'avait pas quitté, bien au contraire ; il occupait toutes ses pensées depuis son réveil, après un sommeil agité. Il n'en avait pas moins apporté le papier sur lequel il l'avait noté, et qu'il serrait dans sa main au fond de sa poche. Il chercha un siège, trouva un pouf serré entre une femme aux allures de mondaine fanée, qu'il avait déjà vue plusieurs fois au séminaire de Joumblatt, et qui lui adressa un sourire mélancolique, et un barbu plongé dans *Invagination de la bouteille de Klein. Terreur au Nom-du-Père*, l'ouvrage récent de Joumblatt et Goreman que Vessage venait tout juste de commencer. L'exemplaire du barbu était déjà fatigué, écorné, les pages couvertes de notes au crayon et de surlignages de couleurs variées.

Le barbu ajouta une note de plus dans la marge, reposa l'ouvrage sur ses genoux et leva des yeux d'orant vers la galerie qui courait tout au long du fond de la pièce, qu'elle dominait de deux bons mètres. Un large escalier permettait d'y accéder, quand Joumblatt invitait à le faire. Il paraissait, à intervalles irréguliers, entre quatre et quinze minutes, sortant de son cabinet qui ouvrait sur la galerie. Il s'appuyait à la rambarde de bois, laissait son regard errer, pensif, sur les patients qui le regardaient anxieusement, espérant être appelés. Élus serait plus exact, tant était grande leur ferveur.

Joumblatt était un homme plutôt petit, court sur jambes et doté d'une petite brioche de buveur de bière. Mais du haut de la galerie où, comblant l'attente du barbu comme de Vessage et de tous les autres, il venait de paraître, il semblait immense et majestueux. Son visage était un mélange complexe et étonnant de bonté, de sévérité, de légère souffrance et de subtile ironie. En toutes circonstances, il portait autour du cou une écharpe de soie, dont la blancheur, tranchant sur les couleurs vives de sa veste d'intérieur en velours, répondait à la neige de ses cheveux soigneusement ondulés.

Son regard s'arrêta sur une jeune fille qui semblait terrorisée, et qui se ratatina encore davantage pendant qu'il l'examinait avec une vague expression d'accablement.

— À vous, mon petit, souffla enfin Joumblatt qui regagna immédiatement son bureau.

La jeune fille se précipita, laissant tomber son sac. On put croire un instant qu'elle allait le laisser là. Elle poussa un léger gémissement, le récupéra à la volée et gravit précipitamment l'escalier. On put la voir glisser tel un rapide fantôme sur la galerie jusqu'à la porte du cabinet, le regard fixe. La porte se referma, les regards redescendirent des cimes où soufflait l'analyse, et retombèrent ici-bas. On entendit distinctement plusieurs soupirs. Vessage sortit la feuille de sa poche et relut les quelques mots qu'il connaissait pourtant par cœur : Mère cafard, écrasée...

Le premier mot, qu'il avait écrit et plusieurs fois relu machinalement, cette fois le frappa. Mère.

Vessage était un fils attentionné. Sa mère n'avait plus que lui au monde, comme elle le répétait souvent. Tous les quinze jours, il faisait le voyage jusqu'au petit village du Morvan qu'elle n'avait jamais voulu quitter et où elle vivait seule depuis la mort du père, dix ans auparavant. Son visage très doux, toujours un peu soucieux, vint flotter un instant dans les pensées de Vessage, qui sourit sans s'en apercevoir. Un instant de tendresse brutalement balayé, quand les répugnantes images du rêve lui revinrent. Cette énorme femelle cafard qu'il écrasait entre ses doigts... Non ! Ce n'était pas sa mère !

« Ce n'est pas ma mère » : l'exemple type, pour Freud lui-même, de la dénégation ! Et à propos d'un rêve ! Joumblatt avait justement consacré son séminaire du jeudi précédent à un nouveau commentaire de ce texte : une brillante variation sur « la *Verneinung*, cette élision signifiante où s'affirme le sujet en ce vide où se dessine sa place et où Lacan a su le premier nous faire entendre le silence plein du Nom-du-Père, lors même qu'en la *Verwerfung* se marque comme chez Schreber la terreur tonitruante de sa radicale absence». Vessage avait appris par cœur et remâché longtemps cette phrase où de façon encore obscure pour lui il pressentait que reposait une part essentielle du message lacano-joumblattien. Il était d'autant plus passionné cette année qu'il avait perdu la quasi-totalité de la précédente dans des supputations et des recherches stériles. Ne connaissant pas la langue allemande, il n'avait découvert que par un tardif et heureux hasard que ce dont il était traité n'avait rien à voir avec une énigmatique «affaire Neinung» dont aucun glossaire de l'œuvre freudienne, pas plus même que l'index de la bibliothèque Sainte-Geneviève, ne gardait quelque trace.

Le malaise qu'il éprouvait à associer l'image maternelle à l'insecte — ah! insecte, inceste? une piste à suivre, peut-être? quoique ce jeu de signifiants lui parût passablement éculé, mais sait-on jamais, justement? —, ce malaise donc s'accentuait encore lorsqu'il s'imaginait parler de son rêve à Joumblatt. Car il était notoire que Joumblatt n'éprouvait pas le moindre intérêt pour les histoires de mères. On aurait même pu penser, si on l'avait osé, qu'elles lui répugnaient. Répugnaient... l'insecte-inceste-mère répugnant... Aaaah...

Un coup de coude sans douceur du barbu le fit sortir de ses pensées. Tous les regards étaient tournés vers lui, tous exprimaient l'incrédulité et la réprobation. Vessage eut l'espace d'un instant l'idée folle qu'on lisait dans ses pensées.

— Ça fait deux fois, murmura le barbu en désignant du regard la galerie.

Vessage leva les yeux : Joumblatt appuyé à la galerie le désignait du doigt, un sourcil nettement plus haut que l'autre et un sourire clairement sarcastique aux lèvres.

— Non ? dit-il en faisant mine de chercher un autre patient plus attentif.

— Si ! hurla presque Vessage en se levant précipitamment et en se ruant dans l'escalier.

⋆

Pénétrer dans le cabinet de Joumblatt, c'était changer d'univers. On quittait la pénombre et les boiseries chaudes de la salle d'attente pour entrer dans une vaste pièce qu'une grande baie voilée de tulle inondait de lumière. Les murs, les bibliothèques et la grande table de travail, l'épaisse moquette, tout était blanc, y compris le divan large et bas, couvert de cuir immaculé. La seule note de couleur, très vive celle-ci, était la veste de Joumblatt.

Vessage ferma la porte derrière lui et se dirigea en hâte vers le divan. Joumblatt debout lui tournait le dos, feuilletant quelques papiers sur sa table. Ne perdons pas de temps, pensa Vessage, vite mon rêve. À peine étendu, il ouvrit la bouche :

— Ma m... *(Mais qu'est-ce que je dis ?)*

Il enchaîna le plus vite possible, espérant follement que Joumblatt n'avait pas entendu.

— Un véritable cauchemar, cette nuit, j'ai fait. *(Qu'est-ce qui me prend ? Qu'est-ce que c'est que cette phrase ?)*

Sans se retourner ni cesser de remuer ses papiers, Joumblatt fit, de sa voix grave :

— Mam ?

— Ce n'est pas mam... *(Oh ! Mamma mia !)* Je veux dire j'ai fait un rêve horrible, qui confirme si bien ce que vous avez développé au séminaire, jeudi dernier, à propos de « Ce n'est pas ma mère ». Mam, ma mère vous voyez ?

— Ah oui, le séminaire, dit Joumblatt qui avait cessé de feuilleter et s'était retourné. Le séminaire... Au séminaire jeudi vous fûtes ?

(Il veut me dire quelque chose, c'est à propos de ma phrase tout à l'heure, c'est sûrement une interprétation. Mon Dieu ! Il ne m'a jamais dit une phrase aussi longue... Plus longue même que la dernière qu'il a prononcée, l'année passée en novembre, je crois, quand il a dit « À mardi mon petit. Ce sera maintenant six cents francs ». Cette phrase qui avait fait tout basculer, ouvert un tel espace de pensée... C'est à partir de ce moment que Vessage avait renoncé à fumer ! Oui, l'impact du symbolique poussait aux remaniements les plus extrêmes. D'ailleurs il n'en avait plus les moyens...)

— Et... Mam ?

Le « Et... » s'était étiré, tel le sourd grondement du molosse qui veille sur son os.

— C'est que... *(J'ai fait silence ! Ici ! J'ai perdu... combien de temps ? Et il me relance ! Il m'aime !)*... dans mon rêve, il y avait un gros, un énorme... cafard...

— Bon ! fit Joumblatt en se retournant vers son bureau. Restons-en là.

Vessage se leva, la tête absolument vide. On sortait du cabinet par une petite porte latérale donnant sur un escalier chichement éclairé par l'imposte de la porte du bas. On se retrouvait ainsi dehors, sans avoir eu à repasser par la salle d'attente. Vessage aveuglé comme chaque fois par ce passage de la lumière à la pénombre tâtonna prudemment du pied à chaque marche. Lorsqu'il sortit sur le trottoir, il respira un grand coup et son esprit se remit en marche. Quelle scansion ! Si vive, radicale, juste sur « cafard »... Il fallait penser à cafard. Cafard... Caca-fard ? Caf' art ? Et cette intervention, auparavant, cette phrase inversée, invertie ? Ah ! Mais quelle séance !

Il releva la tête. Il n'y avait pas de temps à perdre. Il allait rentrer tout de suite, tant pis pour son rendez-vous avec Élisabeth, elle comprendrait quand il lui raconterait. Rentrer, et travailler assidûment *Invagination de la bou-*

teille... Et peut-être aussi les *Écrits*, le commentaire de Lacan sur l'exposé d'Hyppolite. Et aussi l'exposé d'Hyppolite ? Non, il faut être sérieux, tenons-nous à l'essentiel.

Il pressa le pas. Un pâle soleil perçait la brume d'automne qui encotonnait la ville. Il y vit une promesse de printemps. Il sifflotait *When the Saints*, les femmes étaient jolies. Ah oui ! Ne pas oublier de passer un coup de fil à Élisabeth. Est-ce qu'elle saurait apprécier ce qu'il lui dirait, ce moment analytique extraordinairement pur où l'inconscient avait surgi, bousculant les signifiants ? Et l'accueil que lui avait fait Joumblatt, cette rapidité de touche, cette oreille attentive tendue au non-dit qui gîte dans les trous du discours ! C'était là une phrase que Vessage se répétait souvent depuis qu'il l'avait lue dans les *Écrits*, elle lui faisait penser à son enfance campagnarde, aux parties de chasse où il accompagnait son grand-père et aux lapins de garenne qui surgissaient brusquement devant le chien à l'arrêt. Pan ! Tu vois, petit, quand Taïaut tient sa queue raide comme ça, il faut s'apprêter, il y a un lapin qui gîte pas loin...

Mais Élisabeth comprendrait-elle ? Parfois il en doutait. Elle poursuivait elle aussi, depuis plusieurs années, ce qu'elle appelait une analyse, avec un ponte de l'Internationale, un de ces hommes d'appareil qui... Mais mieux valait n'y pas penser. C'était entre eux une pomme de discorde qu'ils avaient fini par apprendre à éviter.

Du moins quand c'était possible, mais parfois... Ils avaient failli rompre à de nombreuses reprises, en particulier l'année dernière, simplement parce qu'elle ne pouvait pas se mettre dans la tête qu'il n'y a pas de rapport sexuel !

Il grimpa ses escaliers quatre à quatre, prit à peine le temps d'enlever son manteau et fonça à sa table de travail. Les notes qu'il avait prises après le séminaire de jeudi étaient sous le téléphone. Ah oui ! Il composa le numéro d'Élisabeth.

— Une séance extraordinaire, tu ne peux pas comprendre ! Il faut que je travaille. Tu ne m'en veux pas ?

Elle dit qu'elle comprenait. Il hésita, puis :

— J'ai fait un rêve... incroyablement riche. Je te raconterai. Il y avait un énorme cafard, jaune dégueulasse, c'était plutôt un cauchemar.

— Blatte, dit-elle.

— Quoi ?

— Blatte. Les cafards sont noirs, et vivent dans les pays tropicaux. Le nom exact, c'est blatte.

Elle rit, de ce rire cristallin qu'il aimait tant, mais qui cette fois sonna comme une cloche de détresse au moment d'un naufrage.

— Joum-blatte ?

Il raccrocha en tâtonnant à l'aveuglette.

*

Élisabeth le rappela huit jours plus tard. Huit jours sans aucune nouvelle. Dans le service de psychiatrie où Vessage était assistant, on ne l'avait pas vu pendant tout ce temps.

— Et vous ne vous êtes pas inquiétés ?

— Oh ! Vous savez, dit l'infirmière-chef placidement, ça roule... Parfois ils ont un congrès ou quelque chose comme ça, il a dû oublier de prévenir. Mais justement, j'allais l'appeler, il y a des papiers à signer, plusieurs sorties. Vous allez le voir ? S'il ne vient pas, vous pouvez peut-être les lui apporter ?

Vessage ne décrocha qu'à la dixième sonnerie. Sa voix était morne.

— Non, dit-il, je ne suis pas malade. Enfin si peut-être... Il y a quelque chose...

Sa voix se perdait sans qu'il termine ses phrases. Élisabeth eut une soudaine intuition.

— Je savais que tu allais voir ta mère ce weekend, alors je t'ai appelé lundi, puis mardi, ça ne répondait pas. Elle n'est pas souffrante ?

— Je ne sais pas. Je ne crois pas, je n'y suis pas allé.

Il laissa passer un temps, puis ajouta :

— Je ne suis pas allé à mes séances non plus.

— Pas allé à... J'arrive !

— Non ! fit Vessage. Mais elle avait déjà raccroché.

Une demi-heure plus tard elle sonnait à sa porte. Il vint ouvrir en traînant les pieds. Il était en robe de chambre, une barbe de plusieurs jours et des cernes noirs sous ses yeux accentuaient encore sa pâleur. Il la laissa refermer la porte et alla s'écrouler dans un fauteuil, les yeux dans le vague. Contrairement à leur habitude, il ne l'avait pas embrassée.

— Qu'est-ce qui se passe? demanda Élisabeth en s'accroupissant devant lui, les mains sur ses genoux et cherchant son regard.

Elle sentait sous ses mains toute la tension de son corps, comme s'il luttait contre un désir irrépressible de se soustraire à son contact. Il secoua la tête lentement, l'air égaré, et sembla faire un gros effort pour commencer à parler.

— Tu te souviens, ce rêve que j'avais commencé à te raconter, l'autre jour au téléphone?

— Le gros cafard?

Vessage acquiesça péniblement. D'une voix hachée, il en fit le récit détaillé à Élisabeth qui ne cacha pas à plusieurs reprises son écœurement.

— Beurk! fit-elle quand il eut terminé. Et moi qui t'ai balancé ce «Joum-blatte»... Je ne savais pas.

— Tu comprends pourquoi je n'ai pas pu aller à mes séances? Je ne peux pas dire ça à Joumblatt. Une blatte! Une mère, en plus!

Élisabeth se dressa indignée.

— Comment? C'est pour cela que tu ne vas plus à ton analyse? Mais enfin, c'est un analyste! Ce n'est pas lui, enfin pas vraiment lui, qui est concerné, tu le sais et lui aussi! Après... combien? Huit ans d'analyse, tu me sors ça?

— Je ne sais pas...

— Tu ne sais pas quoi ?

— Si ce n'est pas lui... s'il le supportera... si... Ah ! Je ne sais vraiment pas. Et puis, il y a autre chose...

— Quoi encore ?

Vessage la regarda. Elle fut frappée par l'expression de son visage. Il avait l'air vraiment désespéré. Elle eut un élan vers lui, voulut lui saisir les mains. Il les retira vivement et cria :

— Non ! Non, reprit-il plus doucement. Regarde.

Il ouvrit sa main droite, paume tournée vers elle. Une tache verdâtre, qui ressemblait vraiment à l'Afrique, s'y étalait distinctement, couvrant tout le centre. Élisabeth eut un sursaut d'effroi, qu'elle se reprocha tout de suite.

— Fais-moi voir ça de plus près.

Il retira encore sa main, secouant énergiquement la tête.

— Non, dit-il. Il ne faut pas me toucher.

— Tu es idiot. Tu as peur que je l'attrape, moi aussi ? Je ne crois pas à ce genre de choses. Fais-moi voir. J'ai fait de la dermato, tu sais.

Elle lui prit la main presque de force. Il semblait au supplice. Elle examina attentivement la tache. La peau semblait en effet très légèrement boursouflée, mais ce pouvait être une illusion née de la différence de teinte.

— C'est vrai, c'est très curieux. Exactement

ce que tu décris de ton rêve. Sauf que je ne vois pas de crevasses...

Elle voulut passer le doigt sur la marque, pour en éprouver la texture, et dut lutter contre le retrait compulsif de Vessage. Pas de rugosité perceptible. Et elle ne pouvait dire s'il existait une différence entre la tache et la peau « saine » qui l'entourait.

— Pas de crevasses, oui, dit Vessage d'une voix éteinte. Mais... ça va sûrement arriver. Comme dans le rêve, simplement moins rapidement. Et puis... viens voir.

Il se leva péniblement. Elle le suivit dans la cuisine. Il s'arrêta à distance de l'évier, le désignant du doigt.

— Regarde.

Des dizaines de très petites blattes couraient en tous sens, cherchant refuge sous les moindres déchets qui traînaient là. Élisabeth resta immobile un instant devant l'évier. Elle éprouvait un léger vertige et tentait de rassembler ses idées.

— Viens, dit-elle enfin, en entraînant Vessage vers la salle de séjour. On va réfléchir calmement à tout ça.

⋆

La quarantaine passée depuis maintenant deux ans hélas, Élisabeth ne manquait pas de charme. Grande et solidement bâtie, elle était dotée de formes généreuses qu'elle avait fini par accepter non sans mal, mais qui avaient heureusement résisté à toutes ses tentatives pour les faire disparaître. Ce qui eût été dommage.

— Tu as l'air d'un vaisseau de haut bord, lui avait dit un jour Vessage en veine d'humeur ly rique, ce qui n'était pas fréquent chez lui.

Cette remarque qui l'eût désespérée quelques années auparavant l'avait, au contraire, flattée. L'analyse l'avait efficacement aidée à accepter de considérer plus amicalement son corps. Pas dans d'autres aspects de sa vie, malheureusement. Elle échouait répétitivement dans toutes les tentatives qu'elle avait pu faire pour vivre durablement avec un homme. Une ébauche de mariage trop précoce et rapidement naufragé, plusieurs liaisons qui n'avaient pas tenu longtemps la mer, le vaisseau de haut bord semblait condamné à voguer solitaire. Sa générosité débordante semblait rapidement effrayer les hommes qui l'avaient approchée. Sa liaison avec Vessage, en revanche, paraissait résister au temps : ils vivaient séparément, espaçaient leurs rencontres de plusieurs jours de solitude. À ce prix, depuis deux ans, une profonde affection s'était installée et affermie entre eux.

Affection, et confiance mutuelle : ils n'avaient pas de secrets l'un pour l'autre, pouvaient sans crainte se dire leurs plus intimes préoccupations. C'était sans doute là, pour l'un comme pour l'autre, le plus précieux cadeau que leur apportait leur relation. Il n'y avait à cela qu'une exception : un aveu qu'Élisabeth n'aurait pu faire à quiconque, même à lui, un tourment qu'elle n'avait confié qu'à l'analyse, où il restait désespérément en l'état. Une sorte d'amère ironie faisait que cette femme dont le corps semblait fait pour porter, allaiter, protéger une ribambelle d'enfants, éprouvait une atroce angoisse à la seule idée de maternité. Tout ce qui pouvait l'évoquer tordait au plus profond d'elle-même une épouvante sans pensées. Tout, et même, tout à l'heure, la vision de ces hordes de bébés cafards dans l'évier.

Elle en était maintenant remise, et, toute son énergie retrouvée, assise dans un fauteuil devant Vessage effondré dans le sien, elle tentait de faire triompher la raison.

— Primo, si ta cuisine était un peu plus propre, ces bestioles ne trouveraient pas tant de facilité pour proliférer. Mme Godin ne te fait plus le ménage ?

— Je n'ai pas pu la garder, dit Vessage tristement. Pas les moyens.

Elle réprima les imprécations qu'elle aurait pourtant volontiers laissées déborder. À six cents francs par séance, quatre, parfois cinq fois par semaine selon l'inspiration ou plus probablement les trous de son agenda, Joumblatt pompait littéralement Vessage.

— Bon. Il va falloir t'y mettre. Je t'aiderai. Mais ce n'est pas l'essentiel. Je ne vois pas ce qu'il y a d'extraordinaire dans un retour en force des cafards, tout le monde connaît ça ! Si on n'assainit pas l'immeuble entier, ils remontent par les évacuations.

— Oui... Peut-être... Mais... et ça ?

Il montrait sa paume.

— Je sais. C'est nettement plus énigmatique, et plus intéressant aussi. Il faut que tu voies un dermato, pour ne rien négliger, mais j'ai ma petite idée. Seulement elle ne va pas te plaire.

— Dis toujours, soupira Vessage qui semblait au-delà de toute surprise possible.

— C'est un stigmate. Hystérique. Une pure et simple conversion, particulièrement réussie. C'est banal, on en connaît des tas d'exemples : des saintes, des illuminés, ça ne manque pas dans l'histoire de la psychiatrie. Et tu as de la chance : certains arrivent même à saigner !

Vessage s'était un peu redressé dans son fauteuil.

— Mais... je ne suis pas hystérique ! Je suis un obsessionnel, et carabiné encore ! C'est clair. Joumblatt — ah ! je ne peux plus dire son nom sans... Bon ! Joumblatt le disait bien dans son séminaire, et c'est évident qu'il pensait à moi : la condition du désir qui me retient éminemment, c'est la marque même dont je le retrouve gâté : la contrebande. Contre-bande ! Tu en sais quelque chose !

— Ne dis pas de grossièretés ! Ce qui est clair, c'est que tu retrouves sur ton corps le dessin exact de la tache de ton rêve. Elle doit avoir une signification précise, correspondre à une représentation refoulée dont les rejetons émergent sous cette forme.

— Et les crevasses? Et les petits cafards grouillants?

— Tu n'as pas de crevasses et je doute fort qu'il t'en vienne. Quant aux petits cafards grouillants — beurk! il y a d'une part les cafards bien réels qui envahissent ta cuisine, comme des milliers d'autres cuisines, rien que de très banal! Et puis, il y a la signification qu'ils prennent pour toi. (*Et pour moi donc!* pensa-t-elle.) Et ça, je ne peux pas dire.

— Tu ne peux pas dire?

— Mais c'est à toi de dire, pas à moi!

— Mais je ne sais pas... Tout ce que je sais, c'est curieux que je pense à ça maintenant, c'est que si je ne vais pas chez Joumblatt demain, il va me rayer de sa liste de patients. Si ça n'est pas déjà fait.

— Ça m'étonnerait. Il doit tenir à toi. Un futur chef de clinique, ça doit l'intéresser, pour la propagation de l'espèce joumblattienne!

— Penses-tu! Il en a des centaines, ça grouille dans sa salle d'attente et à son séminaire.

Involontairement, il jeta un coup d'œil du côté de la cuisine.

— Ah! fit-il.

— Quoi?

— Je ne sais pas. Peut-être... Bon Dieu! Il

faudra bien que j'y aille demain. Tu restes avec moi ce soir?

Il était rare qu'il en fasse lui-même la proposition. Élisabeth en fut heureuse.

— Ma foi, si tu insistes...

— Tu n'as pas peur d'attraper des petits cafards?

— Au contraire, j'adorerais. Des dizaines... Mais qu'est-ce que je dis? Allez, ne discute pas, viens! Contrebandier!

*

Quatre fois déjà Joumblatt était apparu, quatre fois il avait radicalement ignoré Vessage qui, n'ayant trouvé de siège que sous la galerie, devait désespérément se tordre le cou quand un remous général annonçait l'événement. Il en résulta un douloureux début de torticolis qui vint ajouter à l'irritation croissante qu'il ressentait. Oui! De l'irritation, voilà qui était nouveau. L'heure habituelle de sa séance était largement dépassée et il allait ajouter un retard considérable à sa longue absence dans le service.

Une chaise s'étant libérée contre la cloison opposée, il décida d'aller s'y installer afin de se trouver bien en face de la prochaine apparition. Il traversa la salle sous le regard réprobateur des autres patients. Il pensa : cafards! et ne chassa pas cette idée, au contraire il en sourit, ce qui sembla faire croître l'animosité des cafards.

Une heure maintenant, cinquième avatar. Lorsque le regard de Joumblatt passa sur lui, sans qu'il fît aucun signe particulier, Vessage se leva comme s'il eût été appelé et se dirigea vers l'escalier. Il y eut une légère vacillation dans le regard de Joumblatt, une sorte d'incrédulité immédiatement recouverte d'un sourire las, et il disparut dans son cabinet, suivi de près par Vessage. Les cafards s'ahurirent avant de retomber dans leur léthargie.

Vessage fonça vers le divan, et à peine étendu commença à parler dans un débit de mitraillette, bien décidé à retarder autant que possible l'inéluctable scansion.

— Oui, j'ai été absent, toute une semaine, malade avec ce rêve que je n'avais pas pu raconter ici. Les cafards. Une mère cafard pleine d'œufs que j'écrasais entre mes doigts et son sang ses tripes qui me coulaient dessus et j'avais une tache en forme d'Afrique et des crevasses et des petits cafards dedans et un cafard français c'est une blatte. Blatte. Comme Joum-blatte. Vous comprenez ?

Joumblatt stupéfait proféra la seule chose qui lui vînt à l'esprit, la phrase qui lui était de loin la plus coutumière :

— Bon ! Restons-en là.

Et, reprenant un peu ses esprits tandis que Vessage se levait du divan, il ajouta :

— À partir de demain, ce sera sept cents francs. Au revoir mon petit.

La colère qui habitait Vessage n'était pas une colère noire, ni blanche : elle était limpide, transparente, comme un grand vent de tempête balayant le matin les miasmes d'une nuit moite. Il oublia délibérément de poser sur la petite table près de la sortie, comme il le faisait chaque fois, les six cents francs préparés dans sa poche, descendit à toute vitesse l'escalier, se retrouva sur le trottoir, ce qui lui rappela la précédente sortie. La scansion ! Quel idiot il avait été. Comme si cela avait quelque autre signification que la manifestation d'un pouvoir absolu, se donnant le prétexte d'une obscure connaissance de ce qui était en jeu. Alors qu'il n'y avait là que poudre aux yeux, illusionnisme manipulateur ! Et avec quoi, la scansion, cette fois, hein ?

Avec le fric ! Eh bien ! Fini. Plus de fric. Privé de fric, Joum-blatte. Défriqué. A-friqué.

Afriqué.

*

— ... et c'est comme ça que je suis parti et c'est fini et bien fini, et tant pis, ou même tant mieux, et regarde !

Il ouvrit grande la main. La tache était encore visible, mais s'était nettement estompée. Elle était plus petite, et la forme africaine avait disparu. C'était un rond aux bords irréguliers.

— En tout cas, dit Vessage en passant son bras autour des épaules d'Élisabeth, ça va me faire des économies, et j'en ai bien besoin. Et je ne sais même pas si je vais lui envoyer les six cents francs de la dernière séance. Peut-être que si, quand même, mais ce sera la dernière fois. Plus un rond.

Il ne put s'apercevoir que, dans sa paume qui étreignait le bras d'Élisabeth, la tache venait de disparaître complètement.

Elle appuya doucement la tête contre son épaule.

— Tu sais ce que je pense ? Ce que je crois que... que j'aimerais ?

— Non...

— J'ose ? Voilà...

Il la regarda : elle était toute rose.

— Voilà... Je voudrais... que tu me fasses un petit.

⋆

Joumblatt s'accorda quelques minutes de pause. Dure journée. Une bonne cinquantaine de séances... Mais comment faisait son collègue Poirier, qui avait l'autre jour fêté au champagne le record de cent séances dans la journée ? Un stakhanoviste, ou un hâbleur. Plutôt un hâbleur.

Et puis ce... comment déjà ? Vessage et son histoire de blatte. Il n'aimait pas ça du tout. Toucher au Nom-du-Père, et pour en faire quoi ? Un insecte répugnant, femelle et pis, gravide ! Il avait le sentiment qu'il ne le reverrait pas. Tant pis. Et même tant mieux. Même s'il était une tête de pont intéressante à Saint-Ambroise. Il y aurait bien d'autres canalisations qui ramèneraient jusque-là. Pourquoi canalisation ? Il entendait analyse, dans canalysation. Une affaire intéressante, le signifiant se glisse vraiment dans tous les interstices !

Il rectifia sa coiffure, remit en place son écharpe de soie blanche, ouvrit la porte du bureau et s'avança majestueusement sur la galerie. Il tarda un instant à laisser son regard se poser sur la salle d'attente.

Il n'y avait personne !

Ce fut aussi fulgurant qu'un infarctus. Il se crut brusquement pris dans un étau qui lui broyait la poitrine. Il s'immobilisa, bouche ouverte. Puis, lentement, avec le retour des pensées un instant disparues, la douleur qui l'avait assailli décrut sensiblement. Comme au réveil d'un cauchemar, on découvre avec un indicible soulagement que « ce n'était qu'un rêve », il réalisa que sa journée était largement terminée. Mais qu'est-ce qui m'a pris ? Un moment de confusion ? Ou un problème somatique, un début d'infarctus, un petit accident cérébral peut-être ?

Il rentra lentement dans son bureau, soucieux. Oui, sans doute une histoire somatique, la preuve, la douleur n'avait pas vraiment disparu, elle s'était stabilisée. Comme l'étreinte de deux doigts puissants à la base du thorax. Il allait consulter sans plus attendre.

Il ouvrit la porte d'une penderie, et se débarrassa de la veste d'intérieur et de l'écharpe blanche. Au moment de refermer la penderie, une tache lui sauta aux yeux. Une tache ! Sur la soie immaculée !

Cette écharpe, c'était son panache, sa bannière ! C'était l'insigne du Maître ! Tachée... Surmontant la douleur qui de nouveau l'assaillait, il saisit l'étoffe et regarda de plus près. La tache était verte. Elle avait vaguement la forme du continent africain. Il jura. Cela lui rappelait quelque chose, mais quoi ? Il chercha un moment.

Sans succès.

Le Grand Chauve au Col Roulé

Encore un rêve ! Il n'était pas une séance, depuis bientôt trois ans, qui ne soit envahie par l'inépuisable production onirique de Julie, cette patiente que Moranchon avait, pour sa flamboyante chevelure, surnommée en lui-même Julie la Rousse. Cette trivialité à usage interne avait quelque chose d'incongru, il en convenait chaque fois qu'il ouvrait sa porte, trois fois par semaine, à cette femme de quarante ans à l'élégance discrète, raffinée dans les moindres détails de sa toilette et de ses manières, depuis la main longue, fine et soignée qu'elle lui tendait en entrant et qui chaque fois suscitait en Moranchon l'idée saugrenue de la lui baiser, jusqu'au parfum léger qui flottait derrière elle quand il la suivait dans le cabinet et refermait la porte derrière eux.

Elle déposait son sac sur un fauteuil, se débarrassait de sa veste qui, sans qu'elle eût paru s'en soucier, se retrouvait impeccablement posée sur le dossier, sans le moindre faux pli. Elle jetait à Moranchon un regard souriant, rapide mais franc, certainement pas séducteur mais terriblement séduisant, et d'un mouvement coulé s'étendait sur le divan, immédiatement parfaite, une jambe délicatement posée sur l'autre, sans jamais avoir, comme tant d'autres, à tirer sur sa jupe, un geste qui, sans qu'il sache bien pourquoi, irritait toujours Moranchon. Julie la Rousse était une femme exquise.

Mais qui rêvait beaucoup. Qui semblait ne faire que cela. Et pas de petits rêves-bluettes, pas d'histoires d'amour courtois ni d'esthétiques fantaisies, comme Moranchon ne pouvait absurdement s'empêcher d'attendre d'elle. Non! Des rêves foisonnants, interminables, crus jusqu'à l'obscénité, violents à un point parfois difficilement soutenable. Des rêves dans lesquels des organes sanglants copulaient férocement, où des femmes étaient éventrées, des hommes émasculés, et des nourrissons subissaient d'innommables tortures. Qui saturaient rapidement l'imagination de Moranchon, jusqu'à l'écœurement. Il se sentait violenté, et son esprit édifiait très vite une fruste défense passive, une sorte de brouillard d'hébétude à travers lequel il voyait passer, amorties par ce rideau de fumée, des images grimaçantes aussitôt évanouies.

Il se reprochait souvent cette évasion à laquelle, cependant, il ne pouvait rien : elle semblait le seul mode de sauvegarde possible dans ce monde furieux, cette débauche de sexe et de sang. Dans le chaos, cependant, il parvenait parfois à se raccrocher à un personnage qui faisait régulièrement son apparition. Il y avait une sorte de soulagement à le retrouver, seule figure stable dans la tourmente, et même s'il se trouvait mêlé à d'écœurantes péripéties. Julie la Rousse le nommait : «le Grand Chauve au Col Roulé». C'était indéniablement, pensait Moranchon qui était rigoureusement chauve, une figure transférentielle. Qui appelait tout aussi régulièrement chez lui une association d'idées dont il ne parvenait pas à se débarrasser : un grand chauve au col roulé, cela lui faisait invinciblement penser à un pénis érigé. Chaque fois qu'elle l'évoquait, il ne pouvait s'empêcher de passer machinalement la main sur son propre crâne, puis la retirait vivement avec un vague sentiment de culpabilité.

Il avait, bien sûr, tenté à quelques reprises d'attirer son attention sur ce personnage récurrent et phalloïde. Profitant d'une légère pause dans le débit de la patiente, un temps de suspension qui semblait indiquer que le rêve s'arrêtait là, il avait parfois relancé :

— Chauve... oui?

La tentative avait toujours fait long feu : Julie la Rousse enchaînait imperturbablement sur un autre rêve, tout aussi dantesque. Moranchon avait vite abandonné. Il devait d'ailleurs constater que, sur quoi qu'elle portât, toute relance était frappée de la même stérilité. Julie la

Rousse, bien qu'il l'y eût incitée à plusieurs reprises, ne livrait jamais la moindre association d'idées. Les rêves, le récit des rêves semblaient sa seule activité psychique. Il s'était parfois demandé s'il ne devait pas écouter chaque nouveau rêve comme une association par rapport au précédent. Tendant l'oreille comme on jette son filet, il avait cherché à capturer quelque vocable baladeur, mot ou syllabe, ou même, car il n'était pas un fanatique du signifiant, de simples résonances entre les thèmes, le contrepoint d'une humeur, mais le filet restait désespérément vide, ou, si l'on préfère, trop plein de poissons immangeables : sang, couteaux, blessures diverses, cadavres dérivant dans les eaux glauques des rêves... et un Grand Chauve au Col Roulé.

Qui, tiens justement ! vient sans doute de faire sa réapparition. Il sort de sa méditation morose et tend l'oreille.

— ... il est revenu, on le voyait à peine dans l'ombre mais il était là de nouveau *(qui donc ?)*, on entendait distinctement sa respiration, la femme ne pouvait plus bouger, c'était moi, mais aussi je voyais toute la scène, je ne sais pas comment c'était possible d'être à la fois la femme terrorisée et un spectateur *(pourquoi pas « une spectatrice » ?)* qui regarde froidement, mais c'est ainsi, je sentais mes jambes qui se dérobaient alors que j'aurais voulu fuir, je voyais ce chien *(Ah ! c'était un chien !)* qui rôdait et se rapprochait, et en même temps, de très haut, comme depuis un clocher, tranquillement je prévoyais le moment où il allait se jeter sur elle, je l'attendais presque. Et puis, la lune s'est levée, une immense lune rousse *(tiens !)*, et j'ai vu que ce n'était pas un chien, mais un homme qui se déplaçait très courbé, avec une démarche oblique *(ça va être lui, je le sens, je le savais !)*, j'ai vu que c'était un homme parce que la lune en se levant a fait briller un reflet sur son crâne chauve *(qu'est-ce que je disais !)* et d'ailleurs il s'est redressé quand il a été tout près, il était très grand, vêtu de noir avec un pull *(à col roulé)* à col roulé, je ne l'ai pas vu la frapper, je n'ai pas vu le couteau, je ne sentais rien non plus, mais il y a eu brusquement plusieurs blessures sur la poitrine de la femme, elle est tombée et il s'est penché sur elle. À ce moment-là, je n'étais pas la femme, enfin je ne crois pas, plutôt le spectateur, je ne savais pas ce qu'il lui faisait, son dos, immense, masquait tout, mais il s'est relevé et est parti tranquillement et alors, il y avait le cadavre de la femme, tout éclairé par la lune, elle avait les yeux grands ouverts, la bouche aussi, comme si elle avait hurlé mais je n'avais rien entendu, et j'ai bien vu alors... *(tiens ! de l'émotion ?)*... j'ai vu... qu'il lui manquait un bras, la coupure était très nette, près de l'épaule, il en sortait un flot de sang. *(Beurk !)*

— Lequel ?

— Comment ?

Elle semble désarçonnée par la question qui lui est venue aux lèvres spontanément. Et agressivement, se dit-il. Une réaction d'humeur à ce grand guignol qui l'écœure et l'irrite à la fois.

— Quel bras ?

— Le bras... qui était coupé ? Le... gauche, je crois. Non ! Ça, c'est si je suis spectateur. Non, c'est le droit.

Un temps de silence. En profiter pour la relancer, sur quelque détail ? Il regarde la pendulette : c'est la fin de la séance.

— Bien !

⋆

Depuis qu'il a libéré sa journée du samedi, Moranchon est un homme heureux. Il en savoure particulièrement la matinée, qu'il commence par un petit déjeuner tardif à la Coupole : cela suffit à lui donner le sentiment d'une luxueuse oisiveté. Quelques journaux du matin, négligemment parcourus, deux ou trois mots avec le garçon, qui l'appelle « Professeur » depuis que devant lui son ami Deboissy l'a ainsi nommé par affectueuse dérision, et le traite avec une flatteuse déférence dont il n'est pas dupe mais qui est bien agréable quand même... Ensuite, au gré de son humeur et des circonstances, une exposition, une librairie, ou une simple flânerie dans Paris où tous, sauf lui, semblent en proie à une fiévreuse agitation... Oui, le samedi est un jour de grâce.

Il jette un coup d'œil circulaire sur la salle à

demi pleine à cette heure encore matinale, repère à quelques tables de là un très éminent confrère, notable d'une Société psychanalytique qui n'est pas, Dieu merci ! la sienne, et qui discourt avec véhémence et force gestes des deux mains devant une fort jolie jeune femme. Laquelle semble boire ses paroles qu'elle accompagne de battements de ses longs cils, découvrant chaque fois un peu plus de grands yeux bleus innocents et subjugués. Une jeunette qui va faire une carrière éclair dans sa Société, pense Moranchon avec un haussement d'épaules réprobateur. Il se déplace un peu sur la banquette afin de leur tourner le dos, non sans avoir jeté un dernier regard sur la demoiselle. Il les recrute sur photographie, dirait-on !

Croissant, café, *Libération* qu'il ouvre comme toujours aux pages « Société », c'est là qu'ils sont les meilleurs, parce que, pour ce qui est de la politique, ça n'est pas fameux et mieux vaut attendre *Le Monde*...

LE MYSTÈRE DE RANCY-L'ÉGLISE. *Tôt ce matin, en faisant sa tournée... au pied du clocher... une femme... belle et rousse... tailleur chic... plusieurs coups de couteau au thorax... acharnement sauvage... détail macabre, l'assassin a sectionné et emporté le bras droit de la victime...*

Moranchon se redresse, l'esprit en déroute. Son premier sentiment, bizarrement, est la révolte. Il n'a pas libéré son samedi pour y retrouver dans le journal les horreurs qu'il a entendues la veille! Il a l'absurde, mais vive impression d'être poursuivi. Il chasse vite ce mouvement irrationnel. Reste qu'il y a là une étonnante, une invraisemblable... coïncidence? Non, ce n'est pas le bon mot. Quel serait le mot? Y a-t-il un mot?

Il repousse le journal et tente d'ordonner ses pensées qui s'affolent. Une sorte de vertige l'a saisi, auquel il est urgent de faire face. Voyons, c'est assez simple. Ce qui était une scène onirique, donc un paysage interne, la mise en images de fantasmes, que ta patiente t'a confiée, imposée serait plus juste, et que bon gré mal gré tu as partagée avec elle, voilà que, par l'intermédiaire de cet article, elle prend place dans le monde extérieur, elle t'affronte... de face, en quelque sorte. Pas étonnant que cela te fasse un tel effet : la barrière entre intérieur et extérieur rompue, les chimères nées de l'inconscient qui se promènent en liberté dans la nature... Tout devient possible, alors, et surtout le pire, l'impensable qui doit rester impensé et qui te regarde dans les yeux... Ce doit être cela, l'hallucination : le surgissement dans le monde des obscènes figures qui peuplent l'inconscient.

D'avoir réussi à penser tant soit peu ce qui lui arrive rassure Moranchon. Il se redresse, s'apaise, et trouve même une certaine excitation intellectuelle à poursuivre sa réflexion. Une situation hallucinatoire expérimentale, en quelque sorte. Un moment psychotique artificiellement induit. D'ailleurs, cela rejoint bien certaines constatations : lorsque la guerre et ses atrocités se déchaînent, les délirants quittent les asiles. Une «vraie» réalité, partagée, vient relayer et cautionner le monde hallucinatoire où ils se débattaient seuls.

Ses pensées se bousculent maintenant, dans un enthousiasme un peu excessif, mais propre à balayer le reliquat d'angoisse qui stagne encore en lui. Oui ! Nécessité de la clôture de l'espace analytique, du maintien d'un cadre qui assure l'étanchéité entre un espace interne peuplé de monstres, arène de l'inceste et du meurtre, et une réalité extérieure qui n'en est pas affectée. Ou seulement par la voie très indirecte du symptôme, du lapsus... par des signes donc, des événements qui font signe et qui peuvent devenir des mots, et...

On le voit, Moranchon est en proie à une salutaire réaction, d'aspect un peu maniaque, mais n'est-ce pas compréhensible ? Il a en tête maintenant une communication scientifique brillante, qui empruntera certaines avancées de Lacan, mais en fera aussitôt une critique ravageuse. Car enfin ! Si c'est bien «ce qui est forclos dans le symbolique qui réapparaît dans le réel» (il faudra qu'il vérifie, il n'a jamais été très au clair dans ce genre de formulation), alors qu'est-ce que c'est que l'interruption arbitraire des séances par l'analyste, la fameuse scansion (à laquelle il voue une animosité qui se nourrit beaucoup du désagrément qu'il éprouve, parfois, à devoir s'en tenir au cadre fixé et attendre impuissant la fin d'une séance interminable et irritante), qu'est-ce donc que cette scansion, sinon un surgissement forcé, imposé, une effraction du réel dans l'espace de l'analyse ? Une expérience psychotisante. Qui ne laisse d'autre issue, pour ne point devenir fou, que l'identification forcée, le mimétisme, le délire collectif ?

Moranchon sourit de son propre enthousiasme. Ah ! Les samedis matin ont du bon, qui permettent de telles intuitions librement vagabondes, et fertiles de surcroît : cet après-midi, il prendra quelques notes, les prémisses de cette communication qu'il entrevoit... soyons modeste : importante.

Il jette un coup d'œil d'affectueuse commisération à l'éminent confrère qui, là-bas, poursuit avec énergie son entreprise de séduction, qui ne semble pas d'ailleurs beaucoup évoluer. Que d'efforts, que d'efforts, dans un but si dérisoire ! Moranchon a judicieusement renoncé, après deux échecs particulièrement humiliants, à ce genre d'exercice où il n'a toujours, il le reconnaît, été que médiocre. Cette médiocrité même, il le sait maintenant, n'étant que la manifestation d'une sagesse instinctive. Combien plus exaltante, généreuse, durable, est l'activité de la pensée, de la réflexion, de la science, pense-t-il en retournant machinalement à l'article de *Libération.*

Un seul indice, et bien maigre. Le bedeau, insomniaque, a fait sa ronde habituelle vers trois heures du matin dans l'église et le clocher. C'est un passionné du monde animal, et il monte chaque nuit observer l'évolution d'un couple de grands ducs, espèce devenue rarissime et qui a fait son nid dans un recoin de la charpente. De là-haut, dit-il, il a aperçu une ombre qu'il a d'abord prise pour un chien errant. Mais la lune s'est levée — il y avait en effet cette nuit-là une magnifique pleine lune — et il a distinctement aperçu le crâne brillant d'un homme chauve. L'homme a disparu, mais il l'a revu quelques minutes plus tard, sur la place devant le « Café des Amis », se détachant sur la façade éclairée par le réverbère. Il était grand, vêtu de sombre, et semblait porter un pull-over à col roulé. Le bedeau n'a à aucun moment aperçu la victime, qui est totalement inconnue dans la région. L'enquête a été confiée à la brigade criminelle de Montargis.

Moranchon passe et repasse machinalement sa main sur son crâne lisse et chauve. Il regarde fixement devant lui, l'air hébété. L'éminent confrère, qui l'a aperçu, le désigne à sa compagne. Il approche sa tête grise de la charmante tête blonde, et lui glisse quelques mots que nous n'entendons pas, mais qui semblent teintés d'ironie. Elle sourit, réprime un léger gloussement, et bat des cils en ramenant son regard humide sur son mentor.

*

— C'est la première fois que ça se produit ?

— Avec cette patiente ?

— Avec elle... ou avec d'autres ?

Ils sont assis face à face dans les confortables fauteuils du salon de Gilbert Deboissy chez lequel, dans un état d'agitation inquiétant, s'est précipité Moranchon.

— La première fois... Oui, bien sûr. Pourquoi ? Tu penses que je délire, c'est ça ?

— Délire, délire... Un bien grand mot ! Non, mais ce que tu viens de me raconter a tous les caractères de l'*unheimlich*, l'inquiétante étrangeté, si tu préfères. Tu te souviens de ce qu'en dit Freud ?

Moranchon hoche vaguement la tête. Il a bien du mal à rassembler ses pensées, encore plus à évoquer un texte de Freud !

— C'est curieux, reprend Deboissy, j'en ai relu des passages ce matin, en préparant mon séminaire de mardi. Tiens ! C'est une coïncidence de plus... sur la question des coïncidences, justement.

Il rit, ce que Moranchon trouve particulièrement déplacé dans la circonstance.

— Ne fais pas cette tête, dit Deboissy en se

levant de son fauteuil. Il est midi passé, tu veux un whisky ?

Il poursuit, tout en remplissant généreusement leurs verres, ce qui n'est pas dans ses habitudes. Moranchon ne peut s'empêcher d'y voir une confirmation : son ami le croit très atteint !

— Je peux te citer presque exactement la phrase de Freud : il y a un effet d'inquiétante étrangeté, chaque fois que la barrière est levée entre fantaisie et réalité, chaque fois que se présente à nous comme réel ce que nous avions jusque-là considéré comme fantastique. Je crois que c'est cela, au mot près. Eh bien ! C'est exactement ce qui se passe, dans ce que tu viens de me raconter.

— Mais...

— Et j'ajoute, poursuit imperturbablement Deboissy, que l'on trouve dans ton histoire un ingrédient sur lequel Freud insiste particulièrement. Tu vois lequel ?

— ...

— Mais la castration, voyons ! Du moins, sa représentation symbolique. Enfin ! Le bras coupé !

— Aaaah... oui... mais... bon... quand même... *Libé* ! (Moranchon brandit le journal qu'il a apporté.) C'est écrit, tout ! La lune, la femme rousse, les plaies, le chien, le bras, le... ah ! le crâne. (Il passe une main tremblante, une fois de plus, sur sa calvitie.)

— Tu es encore en pleine confusion d'esprit,

justement à cause de cette rencontre entre tes fantasmes (il pointe de l'index le crâne de Moranchon) et la réalité. (Il montre le journal.) Ce *gegenüber* !

— Ce quoi ? fait Moranchon qui n'est pas très germaniste.

— *Gegenüber*, ce qui vient à la rencontre, assez mal traduit en général par « complaisance ».

Deboissy est maintenant à son affaire. Il n'aime rien tant que d'expliquer, enseigner, démontrer. Et comme il doit contrarier ce penchant dans ses analyses — il n'y parvient d'ailleurs pas toujours —, il s'en donne à cœur joie dès que l'occasion lui en est fournie.

— Complaisance somatique, tu connais ? Ce qui, du corps, vient à la rencontre du fantasme, dans le symptôme hystérique ? Eh bien ! de même, dit Freud, la complaisance du langage, qui dans le lapsus ou le mot d'esprit se prête aux sollicitations de l'inconscient. Et de même, la complaisance du hasard, oui ! Ce qui, dans les aléas de la vie, du monde, des événements, vient à la rencontre de nos représentations inconscientes et en présente une image à nos yeux ahuris. Aussi ahuris que ceux que tu ouvres en ce moment !

— Ouais... Mais... Là, ce ne sont pas mes fantasmes qui trouvent leur répondant dans la réalité ! Ce sont ceux de ma patiente, et c'est moi que ça ahurit !

— C'est vrai, c'est vrai, dit Deboissy en prenant le temps de boire une lampée de whisky. Bon... Ce n'est qu'une petite complexité de plus, mais on va sûrement pouvoir arranger ça. Ainsi que... Hum...

— Hum ? Quoi encore ?

— Eh bien... L'inquiétante étrangeté, au bout du compte, c'est le trop familier du sein maternel, c'est clair ! Et dans ton cas, le sein maternel n'est pas évident. Mais si on cherche un peu...

— On va le trouver à une heure de l'après-midi ? demande Solange Deboissy, qui vient d'entrer dans la pièce. Bonjour, Ernest. Tu ne veux pas déjeuner avec nous ? Et parler d'autre chose que de freuderies un samedi ?

Moranchon se lève et l'embrasse. Il vit seul, et bien déterminé à le rester après une lointaine mais cuisante expérience conjugale. Mais s'il devait se remarier, pense-t-il parfois, ce serait avec quelqu'un comme Solange — s'il en existe ! Blonde et belle, gaie, énergique, et surtout totalement étrangère à la psychanalyse qu'elle fréquente sans hostilité, mais avec la très légère curiosité teintée d'ironie affectueuse que l'on peut porter aux mœurs étranges, mais somme toute sympathiques d'une lointaine peuplade primitive.

Moranchon est très admiratif du couple Deboissy. C'est le seul à sa connaissance dans lequel, l'un analyste et l'autre pas, ce ne soit pas l'enfer conjugal, genre : « C'est ça, je suis sûre que tu es beaucoup plus attentionné pour tes patients, ils ont de la chance eux, tu les écoutes ! Il faut dire qu'ils paient, hein ? », *versus* « Tu ne crois pas qu'après avoir toute la journée entendu des deuils et de la souffrance, j'aurais le droit de trouver un peu de gaieté légère en rentrant, et pas encore des plaintes, qui, je dois le dire, me paraissent beaucoup moins justifiées ? ». Quant aux couples constitués de deux analystes, c'est simple, ils sont tout bonnement sinistres ! « Dis-moi Paule, ma communication sur la revendication phallique chez le nouveau-né féminin, je me demande... — Quoi ? — S'il ne faudrait pas des exemples cliniques ? — Sûrement ! Et si j'exposais un cas, en seconde partie ? — Ah non ! Tu n'es plus un nouveau-né, chérie ! — Je ne voulais pas parler de moi. Simplement introduire la question de l'identification projective chez l'analyste mâle adulte. Enfin, comme tu voudras ! Passe-moi le Saint-Paulin, je te prie. » — « Le sein, Paule, hein ? » Etc.

— Je mangerai volontiers un morceau avec vous, dit Moranchon. Tu es vraiment gentille, Solange, j'en ai bien besoin.

— Que se passe-t-il ?

— Ernest est en pleine confusion, dit Deboissy. Figure-toi que...

Tandis qu'ils passent à table, il fait à Solange le récit des aventures de Moranchon. En enjolivant, comme d'habitude, en exagérant, transformant à plaisir en vaudeville le tourment de celui-ci.

— ... et figure-toi que cet homme, l'ignoble assassin qui revient sans cesse dans les rêves de sa patiente, et maintenant dans *Libé*, je te le donne en mille, il est....

Il se penche au-dessus de la table et fait mine de caresser le crâne de son ami.

— Ha ! ha !... chauve ! et...

— Et il porte un col roulé, dit tranquillement Solange.

Les deux hommes la regardent, les yeux ronds.

— Tu as lu *Libé*, toi aussi ? demande Moranchon.

— Pas le dernier, celui dont vous parlez. Mais le Grand Chauve au Col Roulé, l'homme aperçu sur les lieux de je ne sais plus combien de crimes, ça fait plusieurs mois qu'on en parle dans les journaux. Des horreurs : des petits enfants torturés, des morceaux de corps retrouvés dans des réfrigérateurs... Ça dépasse de loin cette affaire en Belgique, vous savez ? Mais enfin, mes amis, il faudrait peut-être sortir un peu de vos cabinets d'analystes, mettre le nez à la fenêtre !

Deboissy est perplexe, Moranchon s'est levé épouvanté et marche dans la pièce d'un pas incertain.

— Arrête, tu as l'air d'un somnambule ! dit Solange.

— Non ! hurle presque Moranchon.

Il semble égaré, balbutie quelques mots indistincts sur la nécessité de prendre l'air, ou mettre ses idées au clair, on ne le comprend pas très bien, et les quitte précipitamment.

— Ah ! bravo ! fait Deboissy en regardant sombrement sa femme. Exactement ce qu'il fallait lui dire !

— Mais, qu'est-ce que... tu crois qu'il... pense qu'il aurait pu... Vous êtes vraiment fous !

Elle se tourne brusquement vers Deboissy.

— Et toi aussi, peut-être, tu penses que... ?

Elle se demande ce qui l'empêche de finir ses phrases. Ce n'est pas dans ses habitudes.

Deboissy hausse les épaules sans répondre.

⋆

Moranchon s'accouda au parapet du Pont-Neuf, et laissa dériver son regard avec les remous du fleuve. La longue promenade l'avait peu à peu apaisé, ses pensées d'abord tourmentées et confuses se pliant progressivement au rythme régulier et soutenu de son pas, qui l'avait conduit d'abord le long des quais jusqu'au pont Mirabeau, et ramené maintenant à proximité de son domicile. La douceur du soleil d'automne, la légèreté opaline de la lumière sur la Seine avaient contribué à ce relatif retour au calme. Il retrouvait cette sensation éprouvée certains matins, où un cauchemar vous arrache brutalement au sommeil, et où l'angoisse ne se dissipe que lentement, tandis que l'on se répète que « ce n'était qu'un rêve ».

Le problème, se dit-il, c'est que c'est de son cauchemar à elle, Julie la Rousse, que je tente de m'extraire. Alors que quelqu'un, lui, semblait en sortir vraiment : ce Grand Chauve au Col Roulé qui lui ressemblait comme un frère, pour commettre dans la réalité les épouvantables forfaits qu'elle lui faisait accomplir en songe. Et là, rien de ce que Moranchon pouvait invoquer de ses connaissances en matière psychanalytique ne lui venait en aide. Ainsi : le prétendu rêve prémonitoire, parfois si troublant, voyait son énigme levée si l'on pouvait montrer, comme l'avait fait Freud, que le rêve avait en réalité été fait *après* l'incident qu'il semblait anticiper, et que c'est en toute bonne foi, mais trompé par son désir inconscient, que le rêveur falsifiait son souvenir et croyait pouvoir affirmer qu'il avait précédé les faits. Mais en l'occurrence, hélas, cela ne marchait pas ! Julie avait raconté son rêve lors de la séance du jeudi, la troisième et dernière de la semaine, et c'est dans la nuit du vendredi au samedi, *Libé* était formel, qu'avait eu lieu le meurtre de Rancy-l'Église.

Et puis, ce n'était pas d'un seul rêve et d'un seul mystère de ce genre, si l'on en croyait Solange, qu'il s'agissait, mais d'une multiplicité. Sous bénéfice d'inventaire, bien entendu, mais Moranchon répugnait à l'idée de rechercher les faits divers crapuleux de ces derniers mois, pour les mettre en regard des rêves de Julie, ou du moins de ce qu'il en avait retenu. Il se demanda pourquoi, et dut se rendre à l'évidence : il était déjà certain qu'il trouverait des correspondances aussi exactes que celle qui lui avait sauté aux yeux ce matin !

Quoi qu'il en soit, il est certain qu'il pataugeait dans cette analyse, et qu'il ferait bien d'en parler avec un collègue. Quelques séances de contrôle lui feraient le plus grand bien, et qui sait ? apporteraient peut-être une solution simple et inattendue à tous ces mystères ? Cette idée le soulagea, et c'est d'un pas plus vif qu'il remonta la rue Dauphine pour rentrer chez lui, tout en cherchant à qui il pourrait demander ce service.

Ah oui ! Et ne pas oublier de téléphoner aux Deboissy, pour s'excuser de son départ intempestif et les rassurer sur son état. Il pensa à leur chaude amitié, cela le fit sourire et acheva de le rasséréner. Ce soir, il irait au cinéma. Et demain dimanche était tout entier occupé par une fête de famille. Il serait bien temps de repenser à tout cela lundi. La toute première séance de la journée justement, à neuf heures, était celle de Julie.

⋆

Moranchon debout près de son fauteuil attendait que sa patiente s'installe pour s'asseoir lui-même. Il se sentait frais et dispos, l'esprit en alerte. Elle lui adressa, en gagnant le divan, ce regard rapide et ce petit sourire qui semblaient répondre à sa courtoisie, et s'allongea avec la grâce et la précision de gestes qui lui étaient habituelles. Il se dit qu'il savait exactement ce qui allait suivre : quelques instants de silence, puis « Cette nuit, j'ai eu un rêve ». Elle ne disait pas « j'ai fait », mais « j'ai eu », une formulation qu'il avait déjà entendue chez des patients de culture hispanique. Avait-elle des origines espagnoles, ou sud-américaines ? Elle n'en avait jamais rien dit, et les rêves avaient tellement occupé, saturé l'espace de l'analyse et l'esprit de Moranchon qu'il n'avait aucune représentation, il s'en rendait compte aujourd'hui, de l'enfance de Julie.

— J'ai pensé à quelque chose, en sortant d'ici la semaine dernière, et ça me revenait aujourd'hui, en sonnant à votre porte. C'est à propos du col roulé que porte cet homme, le chauve qui revient sans cesse dans mes rêves. Mon oncle Abel, le frère de ma mère, celui qui avait été prêtre, il était très chauve, lui aussi, chauve comme... enfin, chauve, quoi ! et il portait toujours des cols roulés. Je n'aime guère penser à lui, c'est quelqu'un qui... il y a eu des choses...

Les pensées se bousculaient dans l'esprit de Moranchon. Pour la première fois, elle ne commençait pas par un rêve ! Et enfin, ce qui ressemblait à une association d'idées ! Une évocation du passé, d'un personnage de son enfance, semblait-il. Et cette allusion, à « des choses »... Une séduction sexuelle ? Sa surprise et son excitation étaient si vives que, pendant un court instant, il n'écouta pas la suite.

La suite, hélas, c'était encore un rêve et, il le constata avec accablement, un rêve sanglant, comme à l'habitude. Il eut envie de l'interrompre, tenter de la relancer sur l'oncle, les choses... Le débit implacable du récit ne lui en laissa pas l'occasion. Il se résigna à le subir, une fois de plus, mais avec une attention réveillée, aiguisée. Il avait été bien trop passif jusque-là! Il saisit un bloc de papier et un crayon. Il lui arrivait de noter, au passage, un mot, une image, sans bien savoir pourquoi et sans que cela ait jamais, apparemment, une quelconque utilité par la suite. Une trace, simplement. Crayon en main, il écouta.

— ... il y a eu une secousse, j'ai failli tomber à l'eau et c'est ainsi que je me suis aperçue que je n'étais pas sur la terre ferme, mais sur un bateau, une péniche plutôt, je voyais même son nom peint sur le côté de la cabine, « Rita », en grosses lettres noires sur blanc. (Moranchon nota « *péniche* », « *Rita* ». Et après une hésitation, « *noir sur blanc* ».) C'était la nuit, mais il y avait un réverbère allumé et je pouvais voir l'eau glauque, pleine de détritus, qui coulait entre la coque et le quai, j'attendais quelque chose, je ne savais pas quoi, mais je savais que ça allait arriver. Et quand une cloche a sonné trois coups, à une église à côté, (*cloche, clocher, église, encore!* Moranchon écrit fébrilement...), je savais ce que ça annonçait. Il y avait des reflets irisés, d'huile, sur l'eau, c'était très beau, et à chaque coup de la cloche ils se teintaient un peu plus de rouge et après le troisième c'était une tache de sang qui dérivait et, c'était normal, un corps qui flottait. (« *Trois coups* », « *sang* », « *c'était normal* ».) Un grand corps, d'homme, sur le ventre, bras et jambes écartés. Toute la partie arrière... postérieure, quoi ! (« *postérieur* ») émergeait de l'eau, je voyais briller la lumière de la lune sur son crâne chauve (le crayon s'immobilise au-dessus du papier), c'était lui, le Grand Chauve au Col Roulé, celui qui revient toujours dans mes rêves. Quoique...

Elle s'arrête dans son récit, ce qui ne s'est jamais produit jusque-là. Moranchon s'est redressé dans son fauteuil.

— Couac ?

— ... Oh ! simplement... je me disais que cette fois je ne distingue pas son vêtement, le pull à col roulé que je vois d'habitude clairement.

Pour un peu, dans son enthousiasme, Moranchon lui dirait volontiers que ce n'est pas grave, que ce doit être à cause de l'eau et de l'obscurité ! Enfin il se passe quelque chose, enfin un grain de sable dans cette accablante répétition. Et quel grain de sable ! Rien moins que la mort annoncée du Grand Chauve au Col Roulé ! D'ailleurs... péniche, pénis, bien sûr ! Et Rita... Rita, tari, voyons. Pénis tari, pénis flaccide, détumescence-castration-mort ! Ah ! Que c'est beau, le génie de la langue !

Il se calme un peu. Ce n'est pas lui, mais elle qui doit associer. Elle qui fait maintenant silence.

— Oui ? Cette... péniche ? Rita ?

— Oui, dit-elle. Je voyais distinctement son nom sur le côté de la cabine, en lettres noires sur blanc.

Silence.

— Noir sur blanc...

— Oui, c'était la nuit, mais il y avait un réverbère sur le quai. Et je voyais l'eau sale couler...

Comme d'habitude, Moranchon n'obtiendra rien de plus que la reprise du récit du rêve, presque mot pour mot. Mais il en faudrait davantage pour gâter son plaisir. Les choses bougent, les choses bougent ! C'est presque joyeusement qu'il prononce le « Bien » qui met fin à la séance. Elle se relève avec cette élégance du corps, cette aisance des mouvements qui chaque fois le ravissent. Et ce sourire, plein de charme et de retenue, cette main fine et légère qu'elle lui tend en prenant congé... Julie est une femme exquise. Et à propos, ce sobriquet vulgaire, qu'est-ce qui t'a pris ? Elle n'est pas rousse ! Elle est... blond vénitien, voilà !

⋆

Treize heures. Avec un peu de chance... Moranchon décroche son téléphone et compose le numéro de Deboissy.

— Tu es occupé ?

— Juste la pause. J'allais manger un morceau. Comment vas-tu ?

— Bien, bien ! Figure-toi...

Moranchon lui raconte tout, le rêve, la séance. À mesure qu'il parle, il sent son enthousiasme peu à peu retomber. Le silence pesant de Deboissy n'y est pas pour rien, mais aussi le constat, en s'entendant, que les mots qu'il prononce ne peuvent guère rendre compte de la joyeuse excitation, du sentiment de nouveauté qui l'habite.

— Ouais..., fait Deboissy.

— Quoi ? Tu ne vois donc pas tout ce que ça implique ? La mort du Grand Chauve... (Il retient à temps « pénis tari ».)

— Ouais, fait encore Deboissy. Eh bien ! Tant mieux. On verra ça dans le journal de demain !

— C'est toi qui me dis ça ?

— Je plaisante, Ernest, je plaisante. Bon, on se voit demain soir à la réunion scientifique du mardi ?

— D'accord, dit Moranchon en raccrochant.

Il marche de long en large dans son cabinet, s'arrêtant au passage pour arranger machinalement les fleurs sur la cheminée. Pourquoi Deboissy n'a-t-il pas accueilli plus chaleureusement ce qu'il lui annonçait ? Ce n'est pourtant pas dans sa manière. Et puis, cette allusion au journal du lendemain... C'est vrai qu'il avait oublié...

Il ouvre la fenêtre, reprend sa déambulation. Deboissy a réussi son coup ! Le voilà dans le même tourment, la même confusion d'esprit que samedi, alors qu'il arpentait les quais de la Seine. Une promenade qu'il devrait faire plus souvent. Le soleil dans les feuilles rousses (ah ! non !), jaunes, des platanes. Le quai jonché d'enveloppes de pellicules photo, sous le pont d'Iéna, là où des hordes de touristes mitraillent la tour Eiffel...

Il sent ses cheveux se hérisser sur sa nuque et s'arrête brusquement. L'image est là, terriblement nette. L'eau sale, charriant des détritus, entre le quai et la péniche, sous le pont. Et la péniche, la pancarte, il l'avait bien vue, en lettres noires sur fond blanc, il s'était même fait la réflexion, il s'en souvient, *Rita* ! Il avait pensé à sa grand-mère, un peu bigote et qui lui parlait souvent des saints patrons. Saint Christophe, saint Ambroise... sainte Rita, patronne des causes perdues...

Moranchon ne parviendra pas à surmonter son trouble. Au contraire, tout au long de l'après-midi, celui-ci ne fera que croître, et l'empêchera d'écouter sereinement ses patients. À huit heures, sa journée de travail terminée, il décide de sortir. Il renonce à un projet qu'il caressait depuis quelques jours, revoir *L'Atalante* de

Vigo, que reprend le cinéma d'art et d'essai au coin de sa rue. Un bon film américain, avec explosions et courses-poursuites en hélicoptère, voilà ce qu'il lui faut !

À onze heures, soûlé de bruit et de musique, il mange sans appétit une pizza au comptoir du Capoulade. À minuit, rentré chez lui, il tente de s'abrutir avec un whisky bien tassé, devant la télévision qu'il regarde sans la voir. À deux heures, il se lève brusquement et va s'habiller chaudement. Il lui faut en avoir le cœur net. Elle a bien dit : trois coups, trois heures, sonnant au clocher de l'église ?

★

L'inspecteur de deuxième classe Morusy se redresse sur le siège de la voiture et regarde sa montre.

— Presque trois heures. Dans dix minutes on se barre, ça suffit, cette plaisanterie. Il y a encore du café dans la thermos ?

Zibeline agite le récipient, le débouche et le lui passe. Elle se nomme en réalité Clémentine Camionneur, mais tout le monde, à la brigade, l'appelle Zibeline, surnom qu'elle doit à son goût prononcé pour les fourrures, en réalité du lapin, qu'elle porte volontiers quand elle planque comme aujourd'hui.

— Les coups de fil anonymes, dit-elle, ça ne donne jamais rien.

— De toute façon, dit Morusy, le Grand Chauve au Col Roulé, c'est un malade, c'est clair. On ne peut jamais prévoir ce que ce genre de type va faire, ni où, ni quand.

Elle prend son arme de service dans la boîte à gants, la regarde en soupirant.

— Dommage, dit-elle. J'aimerais bien le serrer...

La voiture est garée contre le mur, dans l'obscurité. Devant eux, le quai brille sous la lumière de la lune. Une plage de lumière laiteuse qui contraste avec l'ombre épaisse sous le pont.

— Regarde, souffle Morusy.

Une silhouette à peine distincte émerge des ténèbres. Zibeline empoigne convulsivement son revolver.

— Tu crois que c'est lui ?

— Regarde, dit encore Morusy en posant une main sur la poignée de la portière.

C'est un homme, grand, vêtu de sombre. Il émerge dans la lumière, et l'on voit distinctement luire son crâne chauve. Morusy ouvre très doucement la portière, passe une jambe à l'extérieur tout en saisissant lui aussi son arme.

— Couvre-moi, dit-il.

L'homme s'est encore rapproché, il n'est plus qu'à une quinzaine de mètres. Morusy jaillit de la voiture, braque son revolver qu'il tient à deux mains, jambes écartées comme on lui a appris à le faire.

— Halte !

L'homme redresse la tête, le regarde, écarte les bras et presse le pas vers lui.

— Halte ! répète Morusy.

L'homme ne s'arrête pas. Il ouvre la bouche, porte une main à sa poitrine, l'autre restant tendue, paume en l'air, comme s'il demandait l'aumône. La détonation assourdit Morusy. Zibeline, appuyée sur le toit de la voiture, vient de tirer au ras de sa tête. Et droit dans celle de l'homme, on voit distinctement le petit trou noir en plein milieu du front.

L'homme est projeté en arrière par l'impact de la balle. Il pivote sur lui-même, et bascule dans le fleuve.

— Merde, fait Morusy, si ça se trouve, il n'était même pas armé...

— Bien sûr que si ! Tu n'as pas vu ? Il sortait son arme !

La voix de Zibeline est à la limite de l'aigu. Ils se dirigent tout deux vers le bord du quai. Le corps de l'homme flotte, sur le ventre. Le courant le porte vers l'aval, il s'engage déjà entre le quai et une péniche amarrée là. De sa tête s'échappe une nappe de sang que la Seine entraîne plus rapidement que lui, et qui bizarrement semble remorquer le crâne chauve et luisant.

*

Julie la Rousse ne s'appelle pas Julie, et elle n'est pas rousse. Elle a des cheveux châtains coupés très court. C'est la perruque qu'elle tient à la main, et contemple un moment avant de la fourrer dans le sac-poubelle, qui est rousse. Ou blond vénitien, si l'on préfère. Maintenant c'est le pull à col roulé qu'elle enfourne dans le sac; puis elle prend le postiche de crâne chauve, le regarde un instant. L'ajuste sur sa tête, va se contempler dans le miroir au-dessus du lavabo. Pour la dernière fois, pense-t-elle avec un brin de nostalgie. Et comme tous ces soirs où elle a ainsi vérifié son image, avant de partir en expédition, le visage qui lui fait face la saisit, s'empare d'elle. C'est une haute figure très blanche, aux yeux fixes. Sans autre signe de vie qu'une sorte de glaciale détermination.

Ce n'est pas seulement son visage, c'est son corps tout entier que l'homme chauve dans le miroir vient occuper, envahir, absorber. Elle grandit, se durcit. Dans ses muscles noués frémissent des désirs de tuer qui crispent ses mains devenues énormes. Ses mains habitées de souvenirs précis, de couteau fermement tenu et qui frappe, coupe, ouvre des corps avec une froide allégresse, qui frappe jusqu'à ce que le silence s'abatte sur une terre désertée.

Mais c'est bien la dernière fois. L'homme du miroir s'éloigne, s'efface au lointain, adieu oncle Abel, Julie réintègre son visage, elle sourit même, enlève le postiche et lui fait rejoindre pull et perruque. Elle noue le sac qu'elle tasse dans sa petite valise, elle s'en débarrassera dans une poubelle, loin d'ici.

Elle jette un dernier regard autour d'elle, vérifie si elle n'a rien oublié dans la petite chambre d'hôtel. Une petite chambre anonyme, fruste, avec du papier jaune défraîchi aux murs, et des doubles rideaux marron à la fenêtre. Presque la même que celle où, il y a presque trente ans, l'oncle Abel, avec sa soutane et son crâne chauve, l'avait obligée... Elle s'aperçoit qu'elle n'a plus, en y pensant, le terrible haut-le-cœur habituel. Elle éprouverait même... oui ! de la tendresse. Pauvre oncle Abel. Mort trop tôt pour qu'elle puisse s'occuper de lui. Pauvre Moranchon, il a payé pour lui, la juste dette. Tiens ! Elle ne lui a pas réglé la séance de lundi.

Il n'en aura plus besoin, se dit-elle gaiement en descendant l'escalier, sa valise à la main. Elle règle sa note et sort dans la lumière du matin. L'air est léger, vif, et lui donne une enfantine envie de gambader. *France-Soir* affiche sa une à la devanture du tabac-marchand de journaux. En grosses lettres noires sur fond blanc : LA FIN D'UNE PSYCHOSE. Et, en sous-titre, en plus petits caractères : LA POLICE A ABATTU, CETTE NUIT, LE GRAND CHAUVE AU COL ROULÉ.

La chouchou

Alice Kleinfeld attendait, debout près de la porte de son bureau, que son patient en ait terminé. Comme à chaque fin de séance, le rituel s'éternisait. Julien Marchand reprenait l'une après l'autre, sur le fauteuil où il les avait soigneusement déposées et pliées, les différentes pièces de vêtement dont il s'était dépouillé en entrant. En été, cela se limitait à un gilet et à une veste, mais par mauvais temps il fallait y ajouter manteau et écharpe, sans compter, dans le vestibule, le chapeau et le parapluie. Comme il mettait un soin extrême à ce rhabillage, manquait avec obstination l'embouchure de ses manches et surtout ne cessait pendant tout ce temps de continuer à parler, cela pouvait durer plusieurs interminables minutes pendant lesquelles, gracieusement postée immobile à la porte du bureau, Alice attendait.

Elle avait, une seule fois, tenté d'intervenir. C'était lors des toutes premières séances. Sur le

« Bien ! » dont elle ponctuait toujours la fin, il s'était levé du divan et, sans la moindre solution de continuité, tout en enfilant sa veste, il avait poursuivi le flot de paroles qui avait envahi toute la séance Doucement, d'un petit geste de la main accompagné d'un gentil sourire, elle l'avait arrêté :

— Nous avons terminé pour aujourd'hui.

Il s'était interrompu. Le ton animé, jovial, avait brusquement disparu, et dans cette plage de temps blanc, d'une tout autre voix, mate, désincarnée :

— Je sais, avait-il dit.

Une seconde de silence encore, un silence de plomb, et il avait repris gaiement son bavardage. Elle n'oublierait jamais ce « Je sais » métallique. Dans ce très court instant, un autre espace s'était ouvert. Un fugitif aperçu sur une inhumaine, une absolue brutalité. Un monde de violence glacée. C'est imaginer beaucoup de choses dans un simple « Je sais » ? Peut-être. Mais ce qui avait brusquement paralysé Alice, ce jour-là et encore aujourd'hui à sa seule évocation, ne s'explique pas, ne se démontre pas. Elle avait entendu, rencontré *cela*, et depuis elle avait peur.

L'évolution de cette cure, commencée depuis à peine un an, venait d'ailleurs conforter son intuition : elle avait fait une erreur monumentale en prenant cet homme en analyse ! Il fallait sans doute mettre cela au compte de son inexpérience. Alice Kleinfeld avait à peine quarante ans, et venait tout juste de terminer sa formation psychanalytique. C'était une jeune femme blonde, longue et mince, d'une beauté diaphane et rêveuse. Son extrême sensibilité pouvait la faire croire fragile, car elle avait ce don rare et précieux de résonner avec une étonnante exactitude aux indices les plus infimes, au choix d'un mot comme à l'inflexion d'une voix. Mais il en avait toujours été ainsi, et elle avait traversé toutes les étapes de sa vie avec cette même grâce aérienne. La voie qu'elle avait suivie, médecine, psychiatrie, puis psychanalyse, n'était pourtant pas de celles qui permettent d'éviter les rudesses, les laideurs et les violences du monde, qu'il soit extérieur ou interne : elle les avait affrontées sans faiblesse, sans se dérober, comme protégée par sa légèreté même.

Lorsque, sa formation analytique suffisamment avancée, elle avait décidé d'ouvrir un cabinet, elle n'avait rencontré aucune difficulté pour avoir des patients. Beaucoup de collègues et amis, qui l'aimaient et l'admiraient, lui en adressèrent. Rencontrait-on quelqu'un qui tirerait certainement bénéfice d'une analyse, mais, pensait-on à tort ou à raison, devait être traité avec une particulière délicatesse, avec finesse et douceur, c'est à Alice Kleinfeld qu'on l'envoyait. Elle avait ainsi rapidement constitué une clientèle où prédominaient ce que l'on appelle des « cas-limites », des personnalités fragiles, mal assurées de leur identité et de leur cohérence, avec lesquelles son intuitive délicatesse, sa capacité à affirmer sa propre permanence sans à aucun moment l'imposer, faisaient merveille. Mais qui lui avait adressé Julien Marchand ? Elle ne parvenait pas à s'en souvenir.

Julien Marchand avait deux caractéristiques physiques immédiatement remarquables : originaire de l'océan Indien, il était noir, du noir le plus intense. Et d'autre part, il était aussi large que haut, ou peu s'en faut. Dans l'univers de blondeur et de gracilité pastel d'Alice Kleinfeld, il était l'étranger absolu. Avait-elle été fascinée par cette différence ? Elle se le demandait parfois. Ce dont elle se souvenait, c'est d'avoir été émue par ce qu'elle avait cru percevoir de détresse sous cette apparence massive, et de farouche volonté de « s'en sortir ».

Il était jeune, à peine trente ans, et vêtu avec recherche. Seul d'une famille nombreuse à être venu en France alors qu'il avait dix-neuf ans, pour « faire des études », il gagnait sa vie comme peintre en bâtiment.

— Mais pas n'importe quoi, vous savez ! Je suis très spécialisé, c'est moi qu'on vient chercher pour les travaux délicats, les faux marbres, par exemple. Je suis très bien payé. Je sais ce que coûte une analyse, et j'ai attendu d'être sûr de pouvoir y faire face pour venir vous voir.

Il avait pu accéder à l'université, bien qu'il n'eût pas le baccalauréat, après avoir préparé seul et réussi un examen spécial d'entrée, et terminait maintenant des études de psychologie. Il rentrerait au pays quand il en aurait terminé, quand il pourrait s'y installer comme psychothérapeute, peut-être psychanalyste? Il ne travaillait, n'existait que dans cette perspective. Il vivait seul, et ne se permettait qu'un seul plaisir, ou faut-il dire passion? Il pratiquait assidûment le culturisme. Trois fois par semaine, et une bonne partie de ses week-ends, il fréquentait une salle et sculptait obstinément son corps.

Lorsqu'elle y repensait, Alice se disait que, là au moins, elle aurait dû dresser l'oreille. Elle réentendait les mots qu'il avait utilisés pour en parler :

— Vous savez, c'est un travail très dur. Il ne faut surtout pas qu'il y ait de plis, il faut que la silhouette soit parfaitement arrondie, lissée, c'est une question d'esthétique, presque... d'art. J'ai encore beaucoup de progrès à faire, surtout les deltoïdes et les trapèzes (il caressait tout en parlant des épaules et un cou dont la masse devait largement dépasser celle d'Alice tout entière), il y a encore quelques rides ici et là, mais elles vont bientôt disparaître, encore un ou deux mois de travail.

Pourquoi n'avait-elle pas perçu la dépersonnalisation menaçante, la désorganisation psychotique que tentait désespérément de pallier cette carapace musculaire sans cesse confortée, renforcée? Et quelle fascination l'avait empêchée de percevoir le délire sous-jacent, lorsqu'il avait évoqué ses perspectives de retour au pays ?

— Je monterai un cabinet, il y a beaucoup de besoins là-bas, des gens qui traînent une vie malheureuse sans même soupçonner le Mal dont ils souffrent. (Rétrospectivement, elle était certaine qu'il y avait mis une majuscule !) Moi j'en suis sorti, j'ai le devoir de les aider. Et d'abord ma mère, qui mène une vie misérable, qui s'occupe seule de tous mes frères et sœurs, mon père est un alcoolique qui se fait entretenir par elle. Je lui achèterai une maison, il n'y a que moi qui puisse lui donner cela, une vie digne d'elle. Ma mère (sa voix s'était faite un peu plus sourde, chargée d'une émotion qui avait étreint violemment Alice), ma mère est une sainte.

Oui, fascination, mais par quoi ? Qu'est-ce qui, en elle et inconnu d'elle, avait été sollicité au point de la rendre sourde ? Elle ne manquait pourtant pas d'expérience en la matière, son internat en psychiatrie l'avait confrontée à la maladie mentale sous ses formes les plus aiguës, les plus violentes, comme les plus insidieuses. À quoi, en vérité, s'adressait la compassion qu'elle avait ressentie pour cet énorme bébé noir, au point de lui proposer, dès la fin de leur second entretien, de s'allonger sur le divan, et d'engager une analyse ?

Elle n'avait pas tardé à se poser la question. Très vite, il avait évoqué sa vie solitaire, l'absence volontaire de toute relation féminine.

— Ne croyez pas que je suis homosexuel ! Pas du tout ! Mais il faut se méfier des femmes. Presque toutes des putains, surtout celles qui ont de gros seins, qui attirent les hommes. Les hommes ont envie de se réfugier dedans, et elles les étouffent avec leurs mamelles ridées.

— Ridées ? avait risqué Alice, en pensant à ce souci de la ride sur le corps, qu'il s'acharnait a faire disparaître par son travail de culturisme.

— Oui. Les femmes pures ont de très petits seins, elles ne sont pas ridées, la ride, c'est la marque du mal. Il n'y en a pas beaucoup, des femmes pures. Il faut se méfier. Les mauvaises, parfois ça ne se voit pas tout de suite, mais moi j'ai l'œil, je les repère. Elles vous attirent, et puis elles vous font du mal.

Alice Kleinfeld avait de très petits seins. Elle ne pouvait s'empêcher d'y penser.

— Elles *vous* font du mal ?

— Je vous l'ai dit : je me méfie ! Et j'ai ma stratégie. Quand j'aurai fini, l'analyse et le culturisme, j'aurai tout ce qu'il faut pour agir. Elles ne pourront plus me faire de mal, c'est moi qui les séduirai, parce que je serai complètement intelligent, avec l'analyse, et achevé, beau, je veux dire pour mon corps. Alors, c'est moi qui les utiliserai, je les mettrai au travail pour moi.

— Au travail ? demande Alice qui craint de comprendre.

— Oui. Vous savez, j'ai calculé exactement. L'analyse, c'est un investissement. Tout cet argent que j'y mets, quand je rentrerai il sera vite récupéré, et bien au-delà. Avec seulement deux ou trois femmes au travail, et mon cabinet, en deux ans je serai bénéficiaire.

Alice atterrée se disait qu'elle assistait — mieux ! qu'elle contribuait, qu'elle le veuille ou non — à la formation, l'éclosion d'un psychothérapeute proxénète psychotique, qu'elle devrait y mettre un terme de quelque façon, et qu'elle ne le pouvait pas parce que, elle devait bien se l'avouer, elle avait peur de lui ! Une peur physique sans doute, elle se sentait si frêle lorsque, le raccompagnant à la porte, elle voyait devant elle la masse de ce dos puissant, de ces épaules qui devaient s'effacer de biais pour passer la porte du bureau. Mais au-delà, elle sentait qu'elle ne jugulait qu'à grand-peine, au plus profond d'elle-même, une terreur d'un autre ordre, plus archaïque et indicible, dont elle ne pouvait guère se représenter l'objet que sous la forme d'une vague noire menaçante, d'une déferlante irrépressible de Mal absolu.

Une telle représentation la mettait fort mal à l'aise. Rationaliste convaincue, Alice ne croyait d'aucune manière à un Mal métaphysique, elle croyait à la souffrance, à la détresse, et elle n'avait jamais pu penser l'agressivité que comme une forme malheureuse de l'amour. En analyste consciencieuse, elle se disait que cette peur informe qui la taraudait devait être comprise comme un objet de l'analyse, qu'elle faisait partie du scénario inconscient qui s'y jouait, ce qu'on appelle transfert, qu'elle était l'expression d'une part méconnue d'elle-même qui s'y trouvait sollicitée, et qu'elle devait tenter de penser comme telle plutôt que de la fuir horrifiée. Rien d'autre, au fond, que le plus ordinaire et le plus nécessaire de son travail d'analyste. En quoi l'on reconnaîtra l'honnêteté et la force d'âme de cette frêle jeune femme.

Elle devait cependant s'avouer que si, d'aventure, Julien Marchand avait brusquement décidé que sa « formation » analytique était achevée et qu'il pouvait maintenant partir, elle n'aurait sans doute rien dit qui vienne questionner cette décision, et l'aurait laissé aller avec un lâche soulagement. Mais Julien Marchand ne manifestait rien de tel. Pour l'instant, il s'attardait longuement dans la description de son travail de culturiste, et des progrès qu'il y faisait.

— Attention ! Ce n'est pas de la « gonflette » ! Il y a des moyens de prendre de la masse musculaire en peu de temps : en travaillant sans respirer, et en prenant certains produits, mais ce n'est pas mon genre. D'abord, ce qu'on acquiert ainsi se dégonfle tout aussi vite, dès qu'on cesse de pratiquer. Moi, je veux du vrai, du solide, du durable. J'ai choisi ma salle en conséquence, ce sont de vrais professionnels, des sportifs, pas des charlatans. C'est comme pour mon analyse, j'ai cherché, je me suis renseigné ; j'ai voulu ce qu'il y a de mieux, même si c'est cher. On s'y retrouve toujours, au bout du compte.

Alice se demande une fois de plus qui diable lui a envoyé ce patient. Elle ne peut évidemment pas lui poser la question, et en est réduite à de stériles supputations. Elle ne peut s'empêcher de penser que c'est quelqu'un qui, consciemment ou pas, ne lui veut pas de bien !

— Je vous avais dit qu'il restait quelques plis à effacer, surtout aux épaules. Eh bien ! C'est presque fait. Je vous ai apporté des photos, je vous les laisserai en partant, comme ça vous pourrez voir de quoi je parle.

À tout autre patient, Alice rétorquerait qu'elle comprenait son intention, mais que l'analyse se passe exclusivement dans la parole, et qu'il n'était pas souhaitable d'y substituer des images, ou tout autre objet. Mais elle a peur, une fois de plus. Une peur confuse, elle n'imagine pas vraiment quelle pourrait être sa réaction, elle est seulement... paralysée. « Seulement » !

En partant, comme il l'a annoncé, il sort de sa veste une grande enveloppe et la pose sur la petite table près de l'entrée. Il y a quatre photos, dit-il, les meilleures. Il les reprendra à la séance suivante, parce qu'il n'en a pas de doubles et qu'elles sont fort cher à faire reproduire.

— Vous verrez, ce ne sont pas des photos d'amateur, c'est un professionnel qui les a faites.

Elle est figée, près de la porte, elle ne regarde

pas l'enveloppe, je devrais lui dire non, il ne convient pas... il ne faut pas... ce n'est pas souhaitable... Elle ne dit rien et il s'en va et les photos sont là.

L'enveloppe reste sur la table tout l'après-midi, et ne cesse d'attirer son regard. Après le départ de son dernier patient, elle remet un peu d'ordre dans la pièce, elle entrouvre la fenêtre pour la nuit, comme d'habitude, branche son répondeur et, comme il n'y a plus rien d'autre à faire, finit par se saisir de l'enveloppe. Elle va la mettre dans un tiroir, et elle la reposera au même endroit à la prochaine séance.

Elle ouvre le tiroir et finit par se poser la question qu'elle repousse depuis tout à l'heure. Va-t-elle regarder les photos ? Elle a le vague sentiment qu'elle ne devrait pas, que ce serait un passage à l'acte de sa part. Mais l'acte a déjà été accompli, elle l'a laissé faire, et les photos sont là. Et en laissant faire, n'a-t-elle pas déjà répondu elle-même par un acte ? Elle ne parvient pas à se formuler clairement les termes de son dilemme, et pendant ce temps elle a sorti les photos de l'enveloppe. Elle jette un rapide coup d'œil sur la première, passe à la deuxième, et finalement étale les quatre épreuves sur la petite table.

Ce sont de belles photos, très nettes et contrastées. Une de face, une de dos et deux de profil. Sur un fond clair, nu à l'exception d'une coquille blanche retenue par des lacets, qui lui cache le sexe, le corps monstrueux de Julien Marchand fige le regard. Un éclairage latéral met en relief les collines, les montagnes de muscles, que la pose fait saillir. Le dos est un énorme triangle sculpté, le ventre une cascade d'ondulations symétriques. Il n'est pas possible d'embrasser d'un seul regard tout ce corps, ni même chacun des membres : bras, cuisses, mollets, épaules sont des assemblages de volumes distincts, séparés par de profondes vallées — les plis ?

Elle s'aperçoit qu'elle ne cesse d'éviter que son regard s'attarde sur la masse du sexe, que la coquille blanche masque et fait ressortir tout à la fois. Et sur les fesses, plutôt petites, musclées — il y a donc des muscles dans les fesses ? Elle les trouve... émouvantes. Elle n'aurait jamais pensé que des fesses d'homme puissent l'émouvoir ! Cette pensée, et quelques souvenirs qui viennent s'y associer, la fait sourire et lui permet de sortir de sa contemplation. Elle range les photos dans l'enveloppe, et celle-ci dans le tiroir. Elle éteint les lumières de son cabinet, ferme la porte et descend l'escalier. C'est le vendredi soir, elle ne travaille pas le samedi, elle peut oublier tout cela jusqu'à lundi. Ce soir elle part à la campagne, à une centaine de kilomètres de Paris, retrouver Charles pour le week-end.

*

Cela fait bien une heure qu'elle est au volant, et elle n'a pas encore passé la troisième. Chaque fois c'est la même chanson, on ne m'y reprendra plus à quitter Paris un vendredi à sept heures du soir ; et chaque fois elle oublie, trop heureuse de filer. De filer... à la campagne ? Loin de Paris ? Ou de filer retrouver Charles ? Elle se carre plus confortablement sur son siège, allume une cigarette. La nuit n'est pas encore tombée, le ciel d'automne vire au rouge (est-ce que c'est signe de beau ou de mauvais temps ?). La banlieue parisienne est interminable. Il fera nuit noire quand tout à l'heure elle garera sa voiture devant la petite maison au bord du Loing. Elle coupera le moteur et les phares, ouvrira la portière, et ce sera comme chaque fois le moment magique de fraîcheur et de silence, un silence profond peuplé du bruissement des grands arbres, de l'odeur de l'herbe et de la rivière toute proche et parfois d'un ululement de chouette. Il y aura la lumière chaude aux deux fenêtres, et la porte qui s'ouvrira sur Charles qui lui sourit. À moins qu'il ne joue du piano et ne l'ait pas entendue arriver. Alors elle ira jusqu'à la fenêtre et le regardera avant d'entrer, il aura comme d'habitude les yeux à demi fermés, la tête un peu inclinée comme s'il devait tendre l'oreille pour mieux entendre les voix secrètes du grand Pleyel. Elle attendra la fin du mouvement, et cognera légèrement de l'ongle sur le carreau, il ouvrira grands les yeux et sourira en se levant et...

Et elle ferait mieux d'ouvrir grands les yeux, elle aussi. Elle pile au dernier moment, à quelques centimètres de la voiture qui précède. Voilà ce que c'est que de penser à Charles. De rêver à Charles le rêveur... Ils sont amis, amants, depuis plus de quinze ans. Depuis la faculté de médecine. Leurs chemins ont rapidement divergé, elle avait toujours voulu faire de la psychiatrie, et Charles ne se passionnait que pour la recherche en biologie, mais ils n'ont jamais interrompu cette relation très particulière, des moments de chaude intimité séparés de plus ou moins longues plages de solitude. C'est toujours Alice qui prend l'initiative : d'un soir à Paris, de venir le retrouver dans la petite maison au bord du Loing, où il passe la moitié de son temps à lire, à écrire et surtout à jouer du piano — il aurait pu faire une grande carrière de soliste, mais il y avait les concours, la foule des concerts, trop d'étrangers qui dérangeaient sa rêverie. Parfois, elle propose, non, elle décide d'un voyage, trois jours à Budapest, un week-end à Londres, au printemps dernier huit jours à New York. Il est toujours d'accord, toujours heureux. Il ne prête aucune attention au temps qui passe. Trois jours entre deux retrouvailles, ou bien quinze, c'est tout un pour lui, il ne fait aucune différence.

Ce qui ne veut pas dire indifférence : lorsqu'ils sont ensemble, Charles est un ami très attentif, très présent. Calme aussi, et de cela Alice a le plus grand besoin. Lorsqu'elle est soucieuse, préoccupée, il peut l'écouter longtemps, commentant d'un mot ou d'un sourire, et peu à peu tout s'apaise en elle et autour d'eux, on entend le vent dans les arbres et le crépitement du feu dans la cheminée, il en aura sûrement allumé un aujourd'hui ; et souvent, alors, dans la tranquillité retrouvée, elle lui demande de jouer, et la nuit est longue et douce devant eux.

La circulation devient plus fluide. Elle voudrait être déjà là-bas. Il faut qu'elle fasse attention à la route. Les voitures autour d'elles sont rageuses, agressives, la nuit est noire maintenant, et les phares la blessent. Elle sait ce qu'elle tente de repousser, d'oublier depuis tout à l'heure : les photos de Julien Marchand. Elle n'aurait pas dû accepter qu'il les laisse. Elle n'aurait pas dû les regarder. Elle n'aurait pas dû le prendre en analyse. Tous ces « elle n'aurait pas dû »... La culpabilité, pourtant, ce n'est guère son genre. Alors, qu'est-ce qui la trouble ? Qu'est-ce qui lui donne ce sentiment de danger, cette peur paralysante en sa présence, mais tout autant maintenant lorsqu'elle y pense, lorsqu'elle revoit les photos ?

Ce corps. Ce corps d'homme. Est-ce cela ? Mais est-ce un corps d'homme, cette masse noire ? Ce n'est pas un corps comme celui de Charles. Ni même comme... elle en évoque d'autres, ceux des amants qu'elle a connus. Même virils, solides, ils avaient aussi une fragilité à eux, une fragilité d'homme, qui appelle l'intimité, la caresse et la tendresse. Mais comme le souvenir s'en efface vite ! Il y a eu des rencontres heureuses, mais qui n'ont jamais duré, elle est toujours revenue à Charles, elle seule d'ailleurs savait qu'elle lui revenait, pour lui elle ne l'avait jamais quitté, même si elle n'avait pas donné signe de vie depuis deux mois.

Les souvenirs ne résistent pas, ne suffisent pas à chasser l'image. Regarde les choses en face. Et ris de ta phrase. Les choses... cette tache blanche du sexe, autour de laquelle toute la photo s'organise ? Ces fesses petites et musclées qui t'ont curieusement émue ? Le sexe doit être noir, sous la coquille blanche ? Noir et rose ? Elle n'a jamais connu de Noirs, elle pense à la paume rose de leurs mains. Tu es obsédée par le sexe des hommes, maintenant ? Et des Noirs en particulier ?

Elle aime et elle désire le sexe de Charles. Comme elle a aimé et désiré celui des hommes avec lesquels elle a fait l'amour. Enfin... aimé et désiré, oui, mais...

Mais quoi ? Eh bien ! Mais... pas trop longtemps, pas trop souvent, voilà ! C'est là quelque chose dont elle s'arrange, et même plutôt bien, et qu'elle évite de penser plus avant. Avec un homme qu'elle aime, elle peut se laisser emporter totalement. Se donner pleinement. Désirer ce sexe d'homme, le vouloir grand et fort, l'accueillir. Accepter sans réserve le plaisir, et lui en être reconnaissante. Et s'endormir la main posée sur lui, dans la tendresse. Oui, tout cela, elle l'éprouve, elle en a joui et en jouira encore. Mais... une fois seulement, la première. Ou peut-être deux? Mais ensuite, ce n'est plus pareil. Elle le voudrait, mais elle se retrouve, malgré elle, à distance d'elle-même et de lui. Oh! Elle peut se forcer! S'adonner aux excitations purement physiques, se mettre l'esprit en une sorte de veille passive. Mais elle n'aime pas cela, elle s'en veut et ne peut s'empêcher de lui en vouloir, à lui qui ne comprend pas ce qu'elle ne comprend pas elle-même. Elle en garde une amertume dans la bouche, dans le corps, elle a le sentiment de s'être amputée d'une part d'elle-même. Une fois, une seule, pour retrouver le désir qui fuit, elle a pensé à un autre homme que celui qui était contre elle, un homme tout à fait étranger rencontré la veille. Et le plaisir est venu, immédiat et fort, et une haine à la mesure de ce plaisir, une haine féroce à l'égard d'elle-même et de ces deux étrangers, et une atroce solitude. Elle n'a jamais recommencé.

Charles, elle ne va le retrouver que lorsqu'elle le désire vraiment. Comme si c'était, chaque fois, la première fois. Et elle repart avant de se sentir menacée. Est-ce qu'il comprend cela, pour l'accepter si facilement? Sans doute le sait-il, à sa façon. Elle a pour lui un grand élan de tendresse. Et de désir. Elle sera bientôt arrivée.

Pourquoi toutes ces pensées, à propos des photos de Julien Marchand? Ah oui, le sexe!

Cette colline blanche du sexe. Blanche... ç'avait été un moment important de son analyse. Tout avait commencé avec un rêve de bateaux. Elle était au bord de la mer et elle se désolait, parce que le bateau était parti sans elle, un petit bateau déjà loin, elle ne voyait plus que la voile blanche triangulaire à l'horizon. C'était tout, ça ne paraissait pas très prometteur, comme rêve. Et pourtant... tout ce qui s'était ensuivi ! Son analyste avait seulement repris : « un petit bateau déjà loin ». Pourquoi avait-il ainsi répété ses propres mots ? Pourquoi ceux-là ? Qui immédiatement l'avaient renvoyée à sa petite enfance, déjà loin, si loin ! Et aux culottes Petit-Bateau. Bien sûr, ce n'était pas ce qu'on appelle un « souvenir retrouvé », quelque chose dont on aurait perdu la mémoire et qui soudain réapparaît. Elle se demande d'ailleurs si ça existe, ce genre de retrouvailles, elle n'en a pas l'expérience. Des culottes Petit-Bateau, elle se souvient parfaitement, elle ne les a jamais oubliées. Mais pourtant... cette proximité de l'image... Que disait Sartre déjà ? Ah oui ! Qu'on pouvait imaginer le Panthéon, l'évoquer mentalement, mais qu'on ne pouvait pas en compter les colonnes ! Que c'était là la différence avec la perception. Elle n'a pas oublié ses lectures de philo. Mais là, c'est autre chose. Une présence.

Elle a su brusquement : c'était à cause de la voile. Blanche. Triangulaire. Le triangle blanc de la culotte masquant son sexe. Elle répugnait toujours à se déshabiller complètement, c'est ainsi qu'elle se voulait : avec un rien blanc à cet endroit de son corps. Comme sa poupée Suzie, et son baigneur, qui n'avaient rien non plus. Elle sursaute : elle l'avait totalement oublié, celui-là. Et il était noir.

Elle essaie de penser plus avant, de tisser des liens entre ces souvenirs retrouvés et son trouble devant les photos de Julien Marchand. Mais le moment de grâce, de liberté des associations spontanées, est passé, ses pensées deviennent laborieuses et confuses. Heureusement, elle est arrivée. Elle quitte la grande route pour s'engager dans le petit chemin de terre qui longe la rivière. Les deux fenêtres jaunes et chaudes apparaissent derrière les arbres. Elle éteint ses phares un peu avant d'arriver à la maison, coupe son moteur. Elle sort de la voiture et referme doucement la portière sans la claquer. Habituellement, elle ne prend pas toutes ces précautions, mais ce soir elle a besoin d'un temps avant d'entrer. Une sorte de sas.

Comme chaque fois, le silence, immense. Qui ne serait pas si profond s'il n'y avait pas ces quelques bruits nocturnes qui l'habitent. Et même les notes atténuées, lointaines, du piano, où elle reconnaît les architectures de Haendel. Et les odeurs, aussi, font partie de la texture fraîche du silence. Elle avait oublié la menthe...

Pourquoi s'attarde-t-elle ? Quelle réticence, ce soir, à retrouver Charles ? Est-ce même une réticence, une absence de désir ? Pas vraiment. Mais elle voudrait pouvoir entrer vierge de toutes ces pensées qui l'ont occupée pendant la route. Elle voudrait être certaine que les photos de Julien Marchand sont restées à Paris. Elle va lentement vers la porte, et attend que résonnent les derniers accords de *La Grande Passacaille*. Alors elle entre, et à Charles, qui lève la tête et lui sourit, elle semble demander s'il veut bien d'elle.

⋆

— Ah ! dit-il en entrant et en désignant l'enveloppe sur la petite table, alors, vous avez vu !

Il ne semble pas douter un instant qu'elle ait regardé les photos et continue tout en enlevant son manteau et sa veste qu'il plie et dépose soigneusement sur une chaise.

— Pas mal, non, pour cinq années de travail ? Je crois que je serai bientôt prêt. (*À quoi ?* se demande Alice debout auprès de son fauteuil.) Il y a encore ces deux ou trois plis, toujours l'épaule et près du pectoral, on les aperçoit bien sur le profil gauche, je ne sais pas si vous les avez remarqués, vous, parce qu'il faut être spécialiste...

Il la regarde, est-ce qu'il attend une réponse ? Elle baisse les yeux et avec un petit sourire désigne le divan. La peur, tout de suite. Ça doit se voir dans son sourire. Il poursuit, heureusement, en s'installant, et elle peut s'asseoir.

— Le directeur de la salle voudrait que je fasse des concours, mais moi ça ne m'intéresse pas. Oh ! Je n'ai pas peur des comparaisons, d'ailleurs il dit lui-même que je suis de loin le meilleur, et il s'y connaît. Mais ce n'est pas pour ça que j'ai travaillé. C'est comme mon analyse, ce n'est pas pour faire des concours d'intelligence, je vous l'ai dit.

Sa voix baisse d'un ton. Elle l'a déjà remarqué : lorsqu'il évoque ses projets, quand il sera « rentré au pays », il semble entrer dans un long tunnel de rêve, connu de lui seul, mille fois parcouru. Il n'est plus vraiment là devant elle, mais très loin au pays, au lieu de son enfance où il rentrera triomphant, tout-puissant. Elle essaie de penser cela autrement : un lieu interne, un pays perdu de la mémoire, qu'il veut retrouver intact, guéri de ces blessures dont il efface opiniâtrement les cicatrices sur son corps. Elle pense qu'elle devrait intervenir avec cette traduction en tête, désigner ce paysage intérieur, ouvrir les images à leur dimension absente de symboles, de métaphores. Mais elle n'ose pas. De ce lieu protégé où il l'a placée, elle femme pure intouchable auprès de laquelle il est venu s'armer, se fortifier, elle attend. Qu'il en finisse et qu'il parte, dans son délire intact. Elle n'y peut rien, et elle a honte d'elle-même.

— Je crois que je serai prêt au printemps. Il faudra que je fasse attention, la première femme que j'aurai, elle restera avec moi à la maison, je dois la choisir soigneusement. C'est elle qui s'occupera de mon cabinet d'analyste. Il faut que ce soit très beau, très soigné. Comme ici, mais plus masculin, avec du rouge peut-être, pas trop mais... au moins un tableau dans les rouges.

— La première femme...

— Oui, ce sera la première ! J'ai eu de la chance, n'est-ce pas, de me garder intact ! Maintenant je suis assez fort, je n'ai plus rien à craindre.

Il ne l'avait jamais dit aussi clairement, mais elle en était certaine : il n'a jamais connu de femme, jamais eu de rapport sexuel. Cela devrait l'attendrir, pense-t-elle, ce colosse noir qui est vierge... Et peut-être impuissant ? Le blanc du sexe, sur les photos... La voile blanche, la culotte, le rien blanc... Est-elle vierge, elle-même, chaque fois qu'elle va retrouver Charles ? « C'est toujours la première fois... » La chanson lui trotte dans la tête, incongrue.

— Je sais que je ne suis pas impuissant, ça, il n'y a pas de problèmes. (Comme s'il l'avait entendue penser !) Quand j'étais gamin, peut-être douze ou treize ans, avec les autres on s'amusait avec des chouchous. Je les pénétrais sans problème. Il faut dire qu'on trichait un peu, on faisait un trou dedans avant, avec la pointe d'un couteau. Ce n'était pas possible autrement.

Vertige d'Alice. Déroute des pensées, images refusées, dans le silence qui suit elle s'entend prononcer, comme par la bouche d'une autre :

— Des... chouchous ?

— Oui ! Vous ne savez pas ce que c'est que des chouchous ? C'est vrai qu'ici on n'en trouve pas facilement, mais je vous en amènerai une, vous verrez.

Je verrai...

— Au pays, c'est comme ça qu'on appelle le... excusez-moi ! Le sexe des femmes. Mais aussi une sorte de fruit, non, plutôt un légume, une légumineuse, voilà, c'est ce que disait l'instituteur. C'est gros... comme mon poing. (Il lève un poing qui semble étonnamment petit au bout d'un avant-bras énorme.) C'est vert, lisse, avec une sorte de fente tout au long, pas ouverte, vous comprenez, juste marquée, un pli, quoi ! On l'appelle comme ça, justement parce que ça ressemble au chouchou... pardon, au sexe des filles. À moins que ce soit le contraire, tiens je ne l'avais jamais pensé comme ça, peut-être qu'on appelle chouchou le sexe des filles parce qu'il ressemble à la chouchou, enfin vous voyez, quoi ?

Si elle voit ?

— Au début, ça me faisait un peu peur, parce que, vous verrez, le long de la fente il y a des petites épines, enfin on croit que ce sont des épines parce que c'est pointu, mais quand on tâte, c'est mou. Tous les garçons jouaient à cela, entre eux, à pénétrer des chouchous. C'était une preuve qu'on était un homme, si on y parvenait, et surtout si on pouvait se promener ensuite avec la chouchou au bout... enfin, vous comprenez ! (Il rit.) Je me souviens, un jour, j'ai couru avec jusqu'au village, et je l'ai montrée à une petite fille qui était là, elle est partie en hurlant, ce qu'on a ri !

Haut-le-cœur.

★

La chouchou est là, sur le coin de la table, à la place où il avait laissé, puis repris, l'enveloppe. Il l'a apportée à la séance suivante.

— Voilà ! J'étais sûr d'en trouver à Belleville, il y a un marché de produits exotiques.

Est-ce qu'elle lui dira de la reprendre en partant ? Ou, comme pour les photos, aura-t-elle trop peur de sa réaction, si elle refuse de garder la... chouchou ? Elle passe une bonne partie de la séance à se poser cette question, tandis que lui :

— Ça se mange, vous savez, c'est très bon. Chez nous, on accompagne les rôtis avec, le cochon sauvage en particulier. Mais on peut aussi la manger comme ça, cuite à l'eau et avec du beurre. Vous verrez, je vous la laisse, c'est pour vous.

Et il la laisse, en effet, et elle ne dira rien.

★

Tout est blanc et jaune pâle, dans le petit deux-pièces d'Alice. Très silencieux, en rez-de-chaussée sur un petit jardin, elle l'a aménagé et décoré à son image : calme, léger, clair. Seule note de couleur vive, presque violente : sur l'assiette, devant elle, la chouchou qu'elle a fait cuire, selon les instructions de Julien, et dont le vert semble encore avivé par la cuisson. Pas besoin de la peler, a-t-il dit, tout se mange.

Tout se mange...

Elle plante sa fourchette dans la chouchou, la soulève, la regarde attentivement. La fente dessine un demi-méridien, d'un pôle à l'autre. De chaque côté, de petites excroissances, comme des épines de rose. Elle saisit son couteau et les tâte de la pointe : en effet, elles sont souples, inoffensives. La pointe du couteau est maintenant au centre de la fente. Elle appuie légèrement, la lame entre sans difficulté. Elle tourne un peu la pointe, et la chair apparaît, blanche, presque translucide.

Elle repose son couteau.

Demain, elle dira à Julien Marchand qu'elle ne pense pas que l'analyse puisse lui apporter encore quelque chose. Il l'entendra comme il le voudra. Sans doute pensera-t-il qu'il en a terminé. Elle n'y peut rien.

Demain elle dira à Charles... elle ne sait pas ce qu'elle dira à Charles. Qu'elle l'aime ? Qu'elle veut, qu'elle peut maintenant vivre avec lui ? Elle n'est pas encore sûre.

En tout cas, demain est un autre jour. Elle reprend le couteau. Dans le beurrier blanc, elle prélève un peu de beurre jaune pâle, et l'applique sur la blessure de la chouchou. Il fond rapidement. Elle porte la chouchou à sa bouche, en éprouve la consistance du bout des dents. La peau est tendre, élastique, prête à céder. Elle mord franchement, et goûte la chair un peu fade, mais où elle distingue, au bout de quelques secondes, un délicat parfum de noisette. Un peu de beurre coule au coin de sa lèvre.

Mort d'un joufflu

Il attend, et comme il attend, il pense au temps. Un drôle de temps. Qui passe, et qui ne passe pas. Il ne faut pas penser au temps qui passe, quand on est analyste, il faut se couler dedans, se laisser porter, flotter, il ne faut pas attendre avec impatience, avec exigence, vouloir atteindre, comprendre, saisir. Vouloir, voilà ce qu'il ne faut pas. Ce n'est pas facile de ne pas vouloir, d'être attentif et sans attente, d'être vacant sans être vide, pense-t-il. S'installer, et se laisser rattraper.

Et de penser « s'installer » le fait se rencogner dans son fauteuil. Un bon fauteuil, heureusement, un moderne en bois courbé et cuir noir, doux aux reins. Au début, c'était le voltaire hérité de ses grands-parents. C'était important, cette continuité, encore une histoire de temps ! Le grand-père s'asseyait le soir dans le voltaire pour se reposer, pour lire son journal près du feu. Il était artisan, travaillait le bois. Lui aussi se veut artisan, avec la même patience. Mais avec le temps, toujours lui, disons la cinquantaine, il lui est venu à la fois des douleurs dans le dos et l'envie de s'acheter son fauteuil à lui.

Et, du temps, il en a encore fallu pour qu'il s'y trouve bien, dans le nouveau fauteuil. Pour qu'il s'y installe vraiment, qu'il y retrouve la fierté et la paix du voltaire.

C'est donc dans son fauteuil à lui qu'il se rencogne pendant qu'elle, sur le divan, se tait. Un moment rare : ordinairement elle parle d'abondance, sans chercher ses mots, les laissant venir à la volée quitte à les rectifier par d'autres plus appropriés, ce qui est un vrai bonheur pour l'analyste parce que les mots spontanés en disent bien plus que ceux qu'elle voudrait leur substituer, portent des images inattendues, ouvrent sur des paysages insoupçonnés. Ils font aussi des calembours, voire des contrepèteries, les mots, ils s'égaillent tout seuls comme des lapins de garenne dans un pré, et celle qui les prononce n'en sait rien, de ces matins de rosée qu'elle porte en elle. Et souvent hélas, on ne peut pas le lui dire, ce serait trop vite, trop fort, il faut attendre, mais l'analyste peut toujours en rire en lui-même et un peu de gaieté, ce n'est pas négligeable.

Ainsi tout à l'heure, à peine allongée sur le divan, elle a commencé :

— En entrant, j'ai pensé que vous me faisiez la moue... enfin, pas la moue vraiment, mais vous n'aviez pas l'air réjoui de me voir. Oh ! je peux le comprendre, vous savez, je sais que ça n'a pas forcément à voir avec moi ; ça m'arrive aussi dans mon travail d'avoir envie d'être ailleurs, de me sentir accablée même sans en avoir l'air...

« Même sans en avoir l'air... » Ce petit bout de phrase tourne dans l'esprit de l'analyste, il le trouve bizarrement fichu, il ne cadre pas exactement avec ce qu'elle voulait dire puisque lui, d'après elle, il avait l'air... non, il n'avait pas l'air réjoui...

Et il éclate de rire, l'analyste, et il lui dit (mais tout cela, intérieurement, bien sûr !) :

— Vous avez pensé que je vous faisais l'amour, sans en avoir l'« r ».

Drôle de métier et souvent métier drôle, où l'esprit ne craint pas d'emprunter joyeusement à l'almanach Vermot pour dire sans le savoir des choses très graves. Mais attention, pense-t-il, il est de toi ou d'elle, ce mauvais calembour ? Est-ce que tu n'entends pas ce que tu souhaiterais entendre ? Cette femme est séduisante, tu ne serais pas fâché qu'elle te fasse savoir qu'elle te trouve irrésistible, non ? Regarde comme tu es prêt à interpréter comme une manœuvre de séduction son rituel d'installation !

Quand il l'introduit dans le cabinet, après lui avoir serré la main, elle va déposer sac et manteau ou veste sur le fauteuil qui occupe un coin de la pièce, le même que celui de l'analyste (il avait quand même fait une folie, ce jour-là, deux fauteuils en cuir d'un coup !) mais à l'autre extrémité. Puis elle se dirige vers le divan et debout, les yeux dans le vague, elle retire l'une après l'autre ses chaussures. Ce n'est pourtant pas nécessaire, un petit tapis de pieds protège le divan, elle est la seule à faire cela. Elle plie une jambe, sa main court rapidement sur son mollet, jusqu'au talon, elle retire sa chaussure, repose le pied à terre. L'autre jambe, de nouveau cette main qui caresse, la seconde chaussure tombe, elle s'installe sur le divan. Elle me fait un strip-tease, pense-t-il égrillard mais quand même vaguement gêné de son rôle de voyeur du coin de l'œil, car il évite de regarder ostensiblement le manège, et il y a un parfum d'érotisme dans le jeu de ces deux regards, l'un oblique, l'autre perdu fixant le mur sans le voir. Attention ! Connivence muette, mais comment l'éviter, quand il n'y a pas de paroles possibles puisqu'elle n'en dit jamais rien ?

Mais... aujourd'hui encore, quelque chose l'a saisi, que ne parvient pas vraiment à couvrir l'excitation trop bruyante de ses pensées. Un moment particulier, au beau milieu du rituel : un instant d'attendrissante gaucherie lorsque, un pied perché sur le talon aiguille et l'autre à plat sur la moquette, cette femme élégante et apparemment si sûre d'elle-même est devenue, très fugitivement, une petite fille mal assurée qui vacillait légèrement. Une petite fille, pense-t-il avec en tête le souvenir de la sienne à quatre ou cinq ans, une petite fille qui se déguise avec les vêtements de sa mère et lui a emprunté ses chaussures à talons.

Il se demande si ce mouvement qui vient de se faire dans ses pensées, cette très rapide apparition de l'enfant cachée derrière la parade de la femme, n'est pas au plus près de la vérité de cette personne qui parle d'un ton assuré devant lui. Il repense à son calembour de tout à l'heure, et il en a un peu honte car il a laissé s'effacer derrière une sorte de mondanité érotique ce que la moue évoque de légère tristesse sur un visage d'enfant.

Cette personne qui parle, qui raconte, en ce moment, son enfance. Parce qu'elle est en psychanalyse, et qu'en psychanalyse on parle de son enfance. Alors elle évoque la grande maison bourgeoise qu'on appelait le château, en Belgique. Des parents riches, cultivés, menant grand train ; les réceptions où sa sœur et elle-même venaient faire une apparition, saluaient d'une révérence, robe bleue et col de dentelle, passaient quelques instants de main en main, répondaient intelligemment à des questions futiles, se laissaient tapoter la joue en souriant, puis étaient remises aux mains d'une nurse qui les emmenait à leur étage, Mère montait les embrasser, elles s'endormaient doucement tandis que tard dans la nuit résonnaient les rires et la musique. Tout cela est évoqué sans plainte, au contraire : elle en retire la certitude d'une grande liberté tôt acquise, d'une précieuse indépendance. L'analyste se dit que cette petite fille est peinte, comme une image. Qu'elle parle d'une enfant, l'enfant qu'elle a été, dont elle se souvient, mais que ce n'est pas l'enfant qui parle. Il attend.

★

Un soupçon de doute, un rien d'incertitude infiltre peu à peu ses paroles. Rien de catastrophique ! Une très fine lézarde, mais perceptible. Qu'est-ce qui l'a poussée à entreprendre une analyse ? Tout lui réussit, elle a un mari qu'elle aime et qui l'adore, trois grands enfants qui ne lui donnent que des satisfactions. Elle dirige une maison de couture prestigieuse, elle a choisi son métier, et elle y excelle.

Oui, qu'est-ce qui l'a amenée sur ce divan ? Ce n'est pas toujours facile de se souvenir. Il y avait la maladie de son père. Un homme brillant, qu'elle a toujours admiré, et qui sombre peu à peu dans une démence sénile. Elle ne supporte pas cette déchéance. Cela n'eût pas suffi pour décider d'une analyse, mais il y avait autre chose, plus sourd, plus profond : cette lassitude qui de plus en plus souvent l'envahit, fatigue de cette vie où prédomine l'« image », celle que l'on donne aux autres et même, lui semble-t-il, à soi-même. Elle n'en est pas dupe, dit-elle, elle le sait, le sent, elle y est passée maître. Elle remarque au passage qu'on ne saurait dire cela qu'au masculin.

Seule la relation avec ses enfants est épargnée, du moins préfère-t-elle le penser. Mais dans tout le reste, vie professionnelle, vie amoureuse, c'est le règne de l'image. Pas vraiment la futilité, l'artificialité : elle ne le supporterait pas. Mais elle rêve d'une vie débarrassée des apparences, libérée de ce paraître où elle excelle et dont elle est lasse. Ce n'est pas sans lien avec la maladie de son père : pourquoi ne peut-elle supporter le naufrage de cet homme, son égarement, la débâcle de sa superbe ? N'aimait-elle donc que cet éclat, cette esthétique d'aristocrate qu'il faisait partout briller avec succès ? Pourquoi le préférerait-elle mort que faible, perdu, quêtant des bribes d'amour, lui qui eut de si somptueuses maîtresses ?

Sa vie professionnelle l'amène à voyager souvent, dans le monde entier. Elle en avait averti l'analyste lorsqu'ils avaient mis en place le cadre de l'analyse : comment faire, lorsqu'elle ne pourrait être présente à une séance ? Il lui avait dit que, si elle en faisait la demande et si la chose était possible, il pourrait éventuellement déplacer ; et que sinon, la séance avait lieu, même si elle ne pouvait occuper ce lieu. « Correct ! », avait-elle commenté. Et, pendant une bonne année, elle s'est débrouillée pour qu'une telle question ne se pose pas. Il a le sentiment qu'elle se livre à une très complexe gymnastique pour qu'il en soit ainsi. Il entend incidemment parler de Hongkong ou de Montevideo, de Montréal ou de Singapour, comment a-t-elle casé cela entre deux séances ? Pas un mot là-dessus.

Et puis, un coup de téléphone, à l'heure exacte de début d'une séance. Je suis à l'aéroport, dit-elle, je viens de débarquer, je ne pourrai pas être à cette séance. Elle le prie de l'excuser. Entendu, dit-il.

Elle est très volubile, dès le début de la séance suivante. Elle avait pourtant calculé correctement son temps, choisi un vol qui aurait dû lui permettre de se rendre directement et à l'heure chez lui, mais il y a eu un peu de retard, et surtout un cafouillage monstre dans la délivrance des bagages. Elle attendait sa valise depuis une heure, quand elle lui a téléphoné.

— J'ai été idiote. J'aurais pu demander à la compagnie de récupérer mes bagages et de me les faire envoyer. C'est possible, en cas d'urgence, moyennant finances. C'est ce que j'avais fait, quand j'étais rentrée en catastrophe parce que mon aîné avait été hospitalisé.

— J'aurais pu demander...

— Oui ! Oui... vous voulez dire... j'aurais pu demander... qu'on remplace la séance ? C'est drôle, j'y ai pensé, avant le voyage, parce que quand même, une heure et demie entre l'atterrissage à Roissy et votre cabinet, c'est vraiment *just.* (Elle emploie l'anglais, un recours fréquent chez elle qui souvent signe un évitement.) Mais... c'est vrai, j'aurais pu demander. Je n'aime pas demander.

— Demander ?

— Je n'ai jamais rien demandé, jamais. Cela ne se faisait pas. Même pour les plus petites choses, c'est comme si... Vous vous souvenez, quand je vous racontais comment ça se passait, quand j'étais petite et que mes parents donnaient une soirée ? Ma mère venait nous embrasser dans notre lit, avant de redescendre, elle était belle, elle sentait bon, j'aurais voulu qu'elle reste un peu plus. Je n'ai jamais demandé ! Ç'aurait été comme si... comme si je demandais de l'amour ! Pouah !

Me demander de déplacer la séance, ç'aurait été me demander de l'amour, pense l'analyste qui garde sa réflexion pour lui parce qu'il y a des temps pour la retenue et des temps pour l'audace.

— L'amour, je ne l'ai jamais demandé. Je l'ai pris, quand j'en avais besoin. Même l'amour le plus trivial, je veux dire purement physique...

Elle évoque une période de sa vie où elle a eu de nombreux amants. Elle en avait déjà parlé, sur un mode léger, censé démontrer sa liberté d'allure, son absence de contraintes. Cette fois, le ton est différent. Elle évoque des soirées de solitude, où grandit le besoin, où elle sort après avoir hésité, lutté, et où elle se fait draguer dans un bar.

— Non, *je* draguais ! corrige-t-elle. C'est moi qui choisissais.

Il fait silence. Il est presque toujours silencieux, mais il arrive que son silence s'entende.

— D'accord, dit-elle comme s'il avait émis une objection. Je ne choisissais pas de sortir, je ne pouvais pas faire autrement. C'était ça, ou boire. Je buvais pas mal à l'époque. Je n'aime pas parler de ça.

Un temps de silence, puis, sarcastique :

— Mais je choisissais, là aussi : gin, vodka ou whisky. C'est moi qui remplissais mon verre.

— Vous remplir : d'amants, d'alcool...

Ce n'est pas dans les habitudes de l'analyste, d'intervenir ainsi, directement sur le contenu de ce qui est dit. D'ordinaire, il se contente d'un mot, d'une image, qu'il relance plutôt pour faire brèche, pour dérouter sur d'autres chemins. « De biais », comme il aime se le représenter. Là, il n'a introduit qu'un très léger décalage : de « remplir son verre » à « se remplir ». C'est un peu *just*, se dit-il.

Lorsqu'il se surprend à déroger à sa propre règle, c'est souvent dans le souci d'accompagner, de dire qu'il comprend, qu'il pense avec. Cela part d'un bon cœur, mais il se méfie de son bon cœur, combien de fois ne s'est-il pas surpris à chercher à en faire commerce ! Lui aussi, après tout, voudrait se faire aimer !

Mais les choses ne sont pas si simples et, là aussi, il y a des temps à respecter. D'abord, l'assurance, la confiance. Ce n'est pas donné d'emblée. Il pense parfois l'analyse comme une enveloppe. Un réceptacle, fiable, où les pensées pourront être déversées, mises en sûreté, avec la certitude que, quelles qu'elles soient, cette enveloppe n'en sera pas affectée, voire détruite. Parfois c'est l'image d'un appui, qu'il sent volontiers dans le dos, ce qui est après tout bien normal : il est dans le dos de son patient, présence et appui silencieux, constants. Et lui-même adossé solidement dans son fauteuil bien à lui, où dort le souvenir du voltaire ancestral.

Et lorsqu'il pense les choses ainsi, c'est toujours la même scène qui lui revient en mémoire. Sa femme accroupie nue sur le carrelage de la clinique, sur le point d'accoucher de leur premier enfant. Elle avait souhaité cette position, et c'était une clinique où l'on respectait ce genre de décision. Les dernières contractions, et la légère détresse qui l'avait alors envahie, un regard un peu perdu qu'elle lui avait adressé et la nécessité évidente de venir derrière elle, de l'étayer de tout son propre corps, tout le long de son dos, les bras de chaque côté d'elle l'enveloppant sans l'emprisonner. Et il l'avait sentie s'appuyer, s'adosser, se confier reconnaissante, la force retrouvée pour s'ouvrir et pousser l'enfant hors d'elle, hors d'eux, devant eux...

L'analyste sourit et dit, *in petto*, à sa patiente : si tu savais à quoi je pense en ce moment !

Deux corps qui, l'espace d'un moment, quand c'est vraiment nécessaire, n'en font qu'un. Ici aussi, même s'ils ne se touchent pas, même si ce sont des corps de pensées. Et ce moment est à l'horizon de tous les moments, la lointaine origine où l'un s'est laissé envahir par l'autre sans crainte d'en être anéanti.

L'analyste pense que, homme ou femme, il faut que l'analyste puisse être femme avec bonheur dans ce temps des confins. Mais ce peut être une grande terreur aussi, non point tant d'être femme et non homme, que d'accepter d'ouvrir son propre espace aux pensées de l'autre, d'être occupé, envahi.

Il pense à un analyste, qui était venu le trouver, désemparé, désespéré, au bord du suicide. Il était « passé à l'acte », comme on dit, avec une patiente. Celui-là l'a aidé à comprendre. Ce n'est point que la patiente en question eût été particulièrement attirante, séduisante. C'est qu'elle était dans une profonde détresse, même si elle masquait cette détresse sous le clinquant de la séduction. C'est le tout petit enfant perdu, qu'il faudrait accueillir dans son propre espace, qu'il faudrait laisser habiter en soi, un petit enfant réduit à quelques bribes de pensées affolées qu'il faudrait accueillir, recueillir, entourer. C'est cela qui est insupportable. Alors, seule solution, le sexe, comme un meurtre.

L'analyste sort de ses pensées comme on s'ébroue, jette un regard à la pendulette et s'émerveille qu'une infaillible horloge interne l'ait une fois de plus averti de l'heure exacte, à la minute près, de la fin de la séance.

— Bien, dit-il en se levant.

★

Elle ne va pas bien. Elle se demande même si elle ne va pas arrêter l'analyse. Une sorte d'accablement et d'aigreur en même temps, un malêtre qui taraude, qui l'empêche d'être attentive à son travail, à ses enfants. Elle n'accuse pas l'analyse, non, d'ailleurs certaines raisons qui l'y avaient conduite ont disparu : ainsi, elle est beaucoup moins affectée par l'état de son père, qui va pourtant en empirant.

— La mort, pour mon père, c'est déjà arrivé, dit-elle.

Une sorte d'indifférence a remplacé, a éteint la révolte. Elle n'est pas certaine, d'ailleurs, que ce soit plus confortable... Quant à l'impression de facticité, autre et plus important motif de l'entreprise, eh bien ! vu l'état lamentable dans lequel elle se trouve, cette sorte d'apathie amère qu'elle ne parvient guère à cacher, on peut dire que c'est réussi ! Disparue la brillance, terni le clinquant, et qu'est-ce qui reste ? Peut-être est-elle vide, sous cette surface qu'elle voulait quitter ? Elle a lu ça quelque part, et c'est bien ce qu'elle ressent : que l'analyse n'est pas faite pour certaines personnes fragiles, qu'on risque la catastrophe, à entamer leur armure.

— Peut-être que chez moi, c'est la peinture qui tient les murs ? (Elle rit amèrement.)

L'analyste ne va pas bien. Il est inquiet et irrité. Il essaie de sortir de cette représentation qu'elle lui impose et n'y parvient guère. Et si elle avait raison ? Si l'analyse, entreprise de déconstruction, la mettait vraiment en danger ? Il n'a pourtant que bien peu « interprété » jusque-là, et même en toute rigueur pas du tout. Il s'est plutôt employé à lui ouvrir son propre espace de pensée, à laisser les mots y prendre place, l'occuper, y jouer à leur aise. Ce qu'il continue à faire d'ailleurs : car pendant qu'il se soucie d'elle, une autre part de lui, longuement rodée à cet exercice, continue à écouter les résonances de ses paroles. Peinture, armure, les murs, murmure d'amur, rumeurs rue Réaumur... Il y a une certaine facticité, à ce jeu gratuit, tiens, la facticité, ça s'attrape ? Un patient lui a dit hier, parlant de ses craintes d'enfant, en particulier quand on l'avait contraint, selon le rite familial du dernier adieu, à embrasser la main de son grand-père mort, qu'il avait eu peur d'attraper la mort. L'analyste se demande ce qui l'a conduit à ces pensées, quand une parole qu'elle a prononcée quelques minutes auparavant lui revient. Et, au moment où elle lui revient, il la répète à haute voix.

Qu'est-ce qui le pousse à faire cela ? Il n'en sait rien. C'est ainsi que les choses parfois arrivent, par une sorte de nécessité interne. On ne peut pas savoir pourquoi, on ne le saura, peut-être, que lorsqu'on l'aura accompli. Ce n'est pas confortable du tout, mais c'est comme ça. Comme il serait rassurant de pouvoir, comme un bon médecin, repérer les causes et, fort de ce savoir, produire des effets ! Mais non, pour l'essentiel ce n'est pas ainsi que cela se passe. Plutôt, il l'imagine parce qu'il ne s'y est jamais essayé, comme pour le peintre devant sa toile. Il y a l'appel, impérieux, d'une touche de peinture, à ce moment, en cette place. Pas de pourquoi, pas d'esthétique scientifique : une nécessité brute. Et la touche une fois posée, si le peintre a eu l'audace de se laisser prendre dans cette nécessité, peut-être la toile en sera-t-elle gâchée... Mais peut-être aussi transformée, de manière telle qu'on ne pouvait le prévoir. Ce n'est qu'alors que l'on saura que cet appel était appel de cela.

Il répète à haute voix :

— La mort, pour mon père, c'est déjà arrivé.

Elle se tait, longuement, jusqu'à la fin de la séance, elle part en lui serrant distraitement la main, les yeux dans le vague, l'air un peu somnambule. Perplexe est l'analyste, qui retape de quelques coups de main le divan, en chantonnant trois mesures qu'il croyait avoir oubliées de *The Lady is a Tramp*.

Séance suivante. Silence initial, inhabituel, quelques minutes puis :

— Avant-hier en partant, à peine votre porte refermée, j'ai repensé à ce que vous avez dit, enfin, ce que j'avais dit et que vous avez répété, la mort, pour mon père, c'est déjà arrivé. Et j'ai pensé tout de suite à un souvenir, ce n'est pas un souvenir vraiment, vous pensez je n'avais que six mois, mais c'est ma tante qui me l'a raconté, la sœur de ma mère, je vous en ai parlé, celle qui est un peu sorcière, c'est mon père qui disait ça, il riait mais je crois qu'elle lui faisait un peu peur. Elle était bizarre, extravagante, un peu futile, pas très intelligente, mais elle sortait des choses, abruptement, qui faisaient un drôle d'effet. Un jour par exemple, en plein repas de famille, ma mère tentait de dissuader mon père de sortir ce soir-là ; il devait se rendre à une réunion de son club, du moins c'est ce qu'il disait, mais plus probablement il allait retrouver une de ses maîtresses et ma mère devait s'en douter, toujours est-il qu'elle s'inquiétait de sa santé, trouvait qu'il se surmenait, bref elle disait : « Stéfan, vous devriez vous ménager, vous ne dormez pas assez. » Et voilà ma tante l'air rêveur qui dit : « Ma pauvre Suzanne... C'est drôle, que tu aies épousé un Stefan ! » Ma mère demande pourquoi, tout le monde fourchette en l'air regarde ma tante et elle : « Tu te souviens quand tu avais dix-huit, dix-neuf ans, c'était bien avant ton mariage, avant que tu ne rencontres Stefan, et tu lisais toujours le même livre, tu me tannais pour que j'en fasse autant, ça te fascinait, tu te souviens de ce livre ? » Ma mère a l'air embarrassée, elle dit non, elle ne s'en souvient pas, alors ma tante dit : « C'était *La Pitié dangereuse*, de Stefan Zweig, et je t'ai dit épouse-le si tu veux, ton Stefan-je-ne-sais-plus-quoi, mais arrête de me casser les pieds avec lui ! Eh bien, tu l'as épousé ! » Mon père s'est levé, tout rouge, il a jeté sa serviette sur la table et il est parti, ma mère était tout éplorée, je me souviens de son regard et de son geste comme pour retenir mon père, et ma tante a dit : « Mais qu'est-ce qu'il a ? » Voilà comment elle était, ma tante. Mais pourquoi je vous raconte ça ?

— La mort, pour mon père, c'est déjà arrivé.

— Ah oui ! C'est quelque chose que ma tante m'a raconté, donc. J'étais toute petite, j'avais à peine six mois et j'ai attrapé une grave maladie, je crois que c'était le croup, le médecin a dit que j'étais perdue, mais ma mère refusait de le croire, elle a exigé de rester auprès de moi à l'hôpital, elle m'a soignée jour et nuit, elle m'a sauvée, paraît-il, et pendant ce temps-là, vous savez ce que faisait mon père ? Enfin, d'après ma tante ? Il allait à son club, et là-bas il racontait à qui voulait l'entendre que sa fille était morte, pas en danger de mort, mais morte vraiment morte, et il buvait du genièvre pour se consoler. Voilà ce que ça m'a rappelé, dans l'escalier, cette phrase que vous avez répétée.

L'analyste pense à la crainte dont elle a fait part, et qu'il s'est surpris à partager, qu'il n'y ait que du vide derrière la façade. Qu'elle ne soit déjà morte ? C'est la fin de la séance. Il prononce le « Bien » habituel, se lève, se souvient brusquement qu'il a quelque chose à lui dire. Il doit, comme il le fait toujours quelques semaines auparavant, rappeler les dates des vacances d'été, qui approchent. Généralement, pour n'oublier personne, et pour ne pas se répéter (ça lui est arrivé), il s'y emploie auprès de tout le monde au cours de la même semaine et coche soigneusement chaque nom à mesure, sur son carnet de rendez-vous. Pourquoi commencer par elle, alors que ce n'est pas un début de semaine ?

— Je vous rappelle que je m'arrêterai le 12 juillet, et que nos séances reprendront le 2 septembre.

Elle acquiesce et s'en va. Vague préoccupation chez l'analyste : cette annonce est un peu... compulsive, non ? A-t-elle un rapport avec ce qui s'est dit dans la séance ? Peut-être. Marquer d'avance qu'il y aura une reprise après l'interruption... Il n'est pas totalement convaincu du bien-fondé de son explication, mais ne parvient pas à s'en dire plus. On verra...

À mesure qu'approchent les vacances, elle s'enfonce dans la morosité.

— Je fais une déprime, dit-elle.

Dans les derniers jours, elle dit qu'elle est allée voir un psychiatre, qui lui a prescrit des antidépresseurs.

— Pour tenir le coup. Il m'a dit aussi que si c'était vraiment nécessaire, il pourrait me faire admettre dans la clinique où il travaille. D'après lui, c'est parce que vous partez en vacances. Peut-être... Je n'arrive pas à me rendre compte. Je suis fatiguée.

À la fin de la dernière séance avant l'interruption, l'analyste cède à l'anxiété : il lui dit, ce qu'il ne fait jamais d'ordinaire, qu'en cas de besoin elle pourra le joindre à son numéro habituel. Il ne sera pas à Paris, mais l'appel sera transféré. Elle le remercie. Elle a l'air morne.

Voilà un analyste mal en point, inquiet, fatigué, et mécontent de lui sans trop savoir pourquoi. Un analyste qui a besoin de vacances. Il faudra plusieurs jours avant que ne se dissipe le malaise, et encore... Il sait qu'il le retrouvera, entier, à l'approche de la reprise. En attendant, elle n'appellera pas, et il ne sait pas si c'est bon ou mauvais signe.

*

Coup de téléphone, à l'heure exacte de la séance de reprise, après les vacances.

— Je suis encore hospitalisée, jusqu'à la fin de la semaine. Je viendrai à la séance de lundi.

Dit d'une voix calme, un peu voilée.

— Entendu.

Encore hospitalisée... Qu'est-ce qu'elle m'a fabriqué ?

Le lundi suivant elle est là, exacte au rendez-vous. Pâle, grossie, un peu bouffie. Moins belle. Elle raconte : à peine l'analyse suspendue, elle est entrée en clinique, comme le lui avait proposé le psychiatre. (Sentiments partagés de l'analyste : *il y a eu quelqu'un pour s'occuper d'elle.* Et, en dessous, une pensée plus rageuse : *de quoi se mêle-t-il, celui-là ?*) Elle était très déprimée, c'est le psychiatre qui le lui a dit. Ils avaient des entretiens réguliers, qui lui ont fait beaucoup de bien. *(Décidément !)* Il ne fait aucun doute, pour elle, que sa dépression est liée à l'interruption de l'analyse. Au moment précisément où elle avait évoqué cette démission de son père, lors de sa maladie. Son père au club, annonçant tranquillement sa mort ; vous en vacances, parti sans vous soucier de moi. *(Tiens donc ! Bravo, psychiatre !)* Et surtout, quand vous me l'avez annoncé, votre départ, juste le jour où j'évoquais cela... *(Aïïïe !)*

Six mois se passent : elle s'est fait mettre en congé longue durée, elle va perdre son travail, c'est sûr ! Elle boit, elle a des amants, l'analyste accablé en perd le compte. Tous plus ou moins marginaux, décevants, rapidement remplacés. Elle se demande pourquoi.

— Est-ce que j'ai tellement besoin d'amour ?

Est-ce que j'en ai manqué, quand j'étais enfant ? Il ne me semblait pas. Et pourtant, on dirait que jamais je ne pourrai calmer ma soif.

L'analyste se déprime. Il lui semblait avoir, au cours des années, gagné l'assurance d'être un bon analyste... enfin, un analyste, tout bonnement. Ce n'avait pas été si facile : tous ces moments d'incertitude, de désarroi. L'idée, tenace, récurrente, d'imposture. Même s'il avait pu, dans sa propre analyse, s'en croire délivré, il l'avait retrouvée, au tournant de chaque difficulté importante. Et puis, peu à peu, elle s'était, non pas dissipée, mais élaborée, intégrée au travail de chaque analyse. Il avait fini par accepter que ce soit là sa donnée personnelle, la part de lui que ses patients venaient de préférence solliciter, parce qu'ils vous sollicitent toujours là où vous êtes le plus vulnérable, ils sont très forts là-dessus. Et puis voilà qu'il la retrouvait, brute de décoffrage, s'imposant sans le moindre soupçon de relativité. Pas d'atermoiement possible, c'est un gâchis évident. Dans la vie de cette femme. Et dans l'analyse elle-même (a-t-il même le droit d'employer ce terme ?) où rien, absolument rien, ne bouge.

C'est le moment qu'elle choisit pour dire tranquillement, sans que rien l'ait amené (en tout cas, il n'a rien vu venir), alors qu'elle parlait une fois de plus de cet inextinguible besoin d'amour, de sa certitude de n'en avoir jamais vraiment reçu :

— En tout cas, ça peut paraître présomptueux, mais tant pis : vous, au moins, je suis sûre que vous m'aimez !

L'analyste met quelque temps à remonter son menton tombé sur sa poitrine. Il se félicite que l'analyse n'ait pas lieu en face à face. Il n'y comprend rien : n'a-t-il pas, justement, concouru malgré lui à cette terrible déréliction dans laquelle elle se trouve aujourd'hui ? Elle est sûre qu'il l'aime... qu'il l'aime... et d'abord, l'aime-t-il ? Il ne s'est jamais posé ainsi la question, il s'aperçoit au trouble qui le saisit qu'il n'ose pas se la poser. Il n'ose pas ! à son âge ! comme un adolescent ! Osons un peu : oui, il est très préoccupé d'elle. Oui, il a un très grand souci d'elle ; il n'en aurait pas moins si elle était sa fille. Oui, il souffre vraiment de la sentir souffrir... Est-ce qu'on peut dire qu'il l'aime ? En tout cas, s'il l'aime, il l'aime mal. Est-ce qu'aimer mal, c'est aimer ? Retournons la question : est-ce qu'aimer, c'est toujours aimer mal ?

Il garde cette parole inattendue, « je suis sûre que vous m'aimez », comme un objet précieux, dans un coin de son esprit. Il y trouve quelque appui, dans les semaines qui vont suivre, car, quant à elle, rien ne semble changer. Sa plainte résonne dans l'analyste comme une douleur brute, il voudrait se raccrocher à ce qu'il connaît bien, les mots, mais il n'y parvient pas. Il ne peut les laisser jouer en lui, écouter les échos qu'ils éveillent, ses mots ne sont pas vraiment des mots, mais les variations d'un même cri : j'ai mal !

« J'ai mal », ce n'est pas une parole comme une autre. Il y a eu des blessés, des malades, seuls absolument seuls dans la nuit, qui ont dit, crié ou chuchoté : j'ai mal ! Combien y en a-t-il eu, tout au long de l'immensité de l'histoire des hommes ? Quel assourdissant soupir, monté de cette planète vers des cieux vides ? À qui adressé ? À quelqu'un qui devrait être là pour l'entendre, et qui n'y est jamais. Pas quelqu'un qui devrait comprendre : mais qui prendrait en lui, sentirait en lui ; en qui l'on pourrait s'apaiser, s'endormir enfin. « J'ai mal », c'est comme « je t'aime », cette parole si facile et si difficile à proférer parce que ce qu'elle porte ne peut l'être dans des mots, les mots séparent et c'est au contraire un temps avant toute séparation, un temps à jamais perdu que ces cris cherchent à rejoindre.

À « j'ai mal » comme à « je t'aime », il n'y a pas de réponse possible. Celui qui répond « je sais », ou « moi aussi », ne peut pas ignorer sa maladresse, son inadéquation. La seule réponse serait dans un silence, mais le silence ne peut être qu'absence, fin de non-recevoir, parce que depuis que nous sommes condamnés aux mots le silence n'est qu'un vide de mots, une défaillance, alors que la seule réponse serait un silence plein, un silence qui est tous les mots possibles et au-delà tout ce qui manque à tous les mots possibles et que cela, est-ce que ça peut exister entre les hommes qui parlent ? Et pourtant, c'est cela qu'appelle « j'ai mal », ou « je t'aime ».

L'analyste fait silence, tout ce qu'il a à offrir à cette plainte, c'est de s'abstenir de cette trivialité : « je sais », ou « moi aussi ». Ce qui n'est pas si facile !

— Personne ne voulait de moi, j'en suis sûre. Même ma mère a voulu me tuer.

— Vous tuer ?

— Je sais, je me sens tellement bête quand je dis ça... Rien ne me permet d'affirmer une telle énormité, rien dans mes souvenirs, au contraire. Elle m'a sauvée, quand j'étais malade à l'hôpital, du moins c'est ce que ma tante la sorcière m'a dit, et elle dit toujours la vérité ! Et pourtant... je le sens tellement en moi, j'ai une telle révolte, qui dit toujours la même chose : personne ne m'aime vraiment, personne ne m'a aimée vraiment, même pas ma mère !

L'analyste est toujours porteur de cette parole surgie quelques mois auparavant, et c'est comme s'il avait un devoir de protection, de sauvegarde de ce qu'elle a dit alors. Peut-être est-ce cela, son travail d'analyste : être gardien des paroles, garant qu'elles ont été dites, entendues, et que rien ne pourra faire qu'elles n'aient pas été dites. C'est, pense-t-il, l'exact contraire d'une fonction policière, ce n'est pas « Tout ce que vous direz pourra être retenu contre vous », mais « Tout ce que vous direz sera retenu pour vous, éventuellement malgré vous, malgré la sombre envie de détruire qui peut vous habiter ». C'est une nécessité qui le fait maintenant parler, et bien qu'il ait du mal à le faire :

— Vous vous souvenez sans doute de ce que vous avez dit, il y a quelque temps : que moi, au moins, vous étiez sûre que je vous aimais. Eh bien ! Je pense qu'on ne peut dire cela, penser cela si on n'a pas été aimée, si on ne sait pas ce que veut dire : être aimée. *(Pourquoi ce « on » ? Sois plus direct !)* Si vous ne portiez pas ce savoir-là dans vous.

Elle écoute en elle l'écho de ce qu'elle vient d'entendre, l'écho de sa propre parole qui lui est ainsi rendue intacte, porteuse de toute sa signification. Gardée pour elle et malgré elle. Elle dit :

— Ça me fait du bien, d'entendre ce que vous me dites.

Et tout de suite, un souvenir :

— J'avais... deux ans et demi, un peu plus, ma sœur venait de naître. J'ai attrapé les oreillons. Ma mère me tient sur ses genoux. Elle avait des problèmes pour allaiter ma sœur, il fallait qu'elle tire son lait. Et pendant qu'elle le fait, de l'autre main elle me verse de l'huile chaude dans l'oreille, ça me fait du bien.

L'analyste pense qu'elle mêle le présent et l'imparfait. Il pense aussi qu'il ne doit pas être très facile de tirer son lait d'une main et, de l'autre, de verser de l'huile dans l'oreille d'une enfant. Mais ce n'est pas ce qu'il dit. Ce qu'il dit, c'est :

— Ça vous fait du bien, la parole que je vous verse dans l'oreille.

Elle dit : oui, bien sûr ! avec un haussement d'épaules dans la voix, comme s'il avait pu se dispenser de proférer une telle évidence. Il n'est qu'un peu vexé, il est surtout très heureux.

★

Nous avions laissé un analyste ravi, nous le retrouvons perplexe. Pourquoi, s'étonne-t-il, ne semble-t-elle pas partager son plaisir, disons même son enthousiasme, pour ce qui vient de se produire dans l'analyse ? Cette incarnation, ici, en présence et en acte, de l'infantile, et son émergence comme souvenir, n'est-ce pas tout à la fois un moment capital dans la cure, et l'éclatante démonstration du bien-fondé de la théorie psychanalytique du transfert ? (L'emploi d'un tel jargon, inhabituel chez l'analyste qui est un homme simple, doit nous faire soupçonner un certain trouble en lui. Que se refuse-t-il à entendre, qu'il dissimule ainsi sous cette pompeuse phraséologie ?)

De l'éclatante démonstration, elle n'a cure. Elle grince, amère, sarcastique, à tout propos et hors de propos. Ainsi : l'analyste doit — c'est rarissime, peut-être la première fois en ce qui la concerne — déplacer une séance; un ami est décédé, il lui faut se rendre aux obsèques.

— Je ne pourrai vous recevoir lundi à l'heure habituelle. Je vous propose mardi matin à huit heures, si cela vous est possible...

— Huit heures... Pourquoi pas cinq heures du mat'? Non, de toute façon, je ne peux pas, j'ai rendez-vous chez le dentiste!

Et, à la séance suivante :

— Je suppose que vous alliez enterrer quelqu'un? *(Comment diable...?)* Vous feriez mieux de vous occuper des vivants!

— De vous...

— Ouais... Bof! Vous trouvez que je suis vivante, vous? Moi je n'en suis pas sûre! Vous trouvez que c'est une vie? Je ne baise plus *(tiens?)*, je ne bois plus *(tiens, tiens...)*, je bosse comme une automate *(elle a donc repris son travail?)*...

Silence, peuplé des pensées de l'analyste : de tout cela, elle ne lui a rien dit. Doit-il s'en réjouir? Tout le conflit circonscrit dans l'analyse, et «à l'extérieur» un réaménagement de sa vie? Peut-être, ce ne serait pas la première fois. Mais quel conflit? Le silence se prolonge.

— Oui?

— Vous voulez que je vous dise à quoi je pense? C'est ça? Eh bien! Je pense aux Haha.

Haha.. Haha? L'analyste attend un peu, mais elle ne dit rien de plus. Il fait :

— Haha?

Comme s'il riait lugubrement.

— Vous ne savez pas ce que c'est que les Haha? Les Alcooliques Anonymes! Un mois que j'y vais. C'est bête à pleurer, et catho par-dessus le marché, mais c'est vrai que ça m'aide. J'y fonce dès que je sens que ça me reprend, l'envie de boire. C'est pratique, il y a toujours une réunion quelque part, même au milieu de la nuit en cas d'urgence.

— Vous n'en avez jamais parlé ici. *(Il n'aurait pas dû dire cela, il n'aurait pas dû! C'était plus fort que lui...)*

— Ça n'a rien à voir avec l'analyse! C'est... de l'hygiène! Vous ne voulez pas que je vous parle aussi de ma toilette intime, non?

Elle est grossière, elle si délicate. Elle est de mauvaise foi, elle toujours si exacte. Elle devient bête et méchante. Je me calme, se dit l'analyste, surtout je ne dis rien, je ne lui réplique pas vertement, j'essaie de comprendre, je ne... Bon Dieu! Elle commence à m'échauffer les oreilles. Elle est sûre que je l'aime? Ouais, il faudrait qu'elle s'y prenne autrement!

À quoi l'on voit dans quelles tourmentes internes peut être pris l'analyste, et le mérite qu'il a à se taire. Et l'on s'étonne (voire on lui reproche!) que le soir, sorti de son cabinet et rentré parmi les siens, il parle, s'ébroue, s'irrite, s'émeuve... C'est de l'hygiène, ni plus ni moins!

C'est le moment que choisit le téléphone pour sonner. Le plus souvent, l'analyste branche le répondeur automatique, pendant les séances. Parfois il oublie de le faire : c'est le cas aujourd'hui.

— Excusez-moi un instant, dit-il en décrochant.

C'est une demande de rendez-vous. Une voix de jeune fille, timide, apeurée. Il répond très doucement :

— Je ne peux pas vous parler en ce moment, je suis en consultation. *(Pourquoi diable dit-il « en consultation », ce qu'il ne fait jamais ? Habituellement, il se dit « occupé » ou, s'il reconnaît un collègue, « en séance »...)* Pouvez-vous me rappeler après vingt heures ? Merci.

Elle ne le loupe pas.

— En consultation ! Je ne savais pas que j'étais en consultation, *Docteur* ! C'est l'heure de la consultation ! Et les visites à domicile, c'est l'après-midi ?

Elle brocarde, cinglante, acide. Et puis, à l'acmé, sa voix se casse, elle réprime un sanglot.

— Excusez-moi. Je suis idiote. Mais je ne supporte pas... que vous parliez à quelqu'un d'autre quand je suis là en séance.

L'analyste se dit qu'il doit reconnaître qu'il y a eu, en effet, une intrusion illégitime dans l'espace de sa séance ; que s'il ne le fait pas, son silence, implicitement, signifiera que tout, même de semblables événements où le monde extérieur fait irruption dans l'enceinte de l'analyse, est à ramener à elle, aux significations qu'elle y attache ; et pourquoi pas lui dire qu'elle a rêvé ce coup de téléphone? Rien de tel si l'on veut rendre quelqu'un fou!

— Vous avez raison, dit-il, et vous êtes parfaitement en droit de protester. Ce coup de téléphone est tout à fait regrettable. Cela dit...

— C'est votre voix, coupe-t-elle. (La sienne est voilée, plus trace de sarcasme. Une douleur d'enfant.) J'aime votre voix. Vous savez, cette émission sur France Culture où vous êtes passé, l'an dernier? J'ai la cassette, quand ça va mal je me la repasse, j'écoute votre voix et ça me fait du bien. *(«Ça me fait du bien», l'huile dans l'oreille, bien sûr.)* Et tout à l'heure, vous avez répondu au téléphone, si gentiment mais ce n'était pas pour moi. Voilà. J'ai honte.

— Le tire-lait. Et ce n'est pas pour vous.

Elle pleure. C'est très reposant.

*

L'humeur est une couleur. Celle de l'analyste est grise; sa patiente nage dans les pastels. L'humeur est un fluide qui baigne les corps, les irrigue, se répand sur la peau et dans le monde, sur les objets qui le jonchent, dans l'air ambiant et la forme des nuages qui passent. Pour elle le vent est doux et caressant, le paysage aimable; lui s'irrite sourdement, trouve le temps froid et humide, se sent contrarié et se sentir contrarié le contrarie. L'humeur donne leur texture aux sons et aux voix, elle est basse continue qui fait d'une parole crissement ou mot d'amour, stridence ou harmonie.

Cette discordance entre eux ne devrait pas durer ? Ils vont se disputer, peut-être se séparer ? Pas du tout ! Ils poursuivent, lui mal à l'aise dans son fauteuil, et elle goûtant de tout son long la douceur du divan. Cette pérennité est un mystère. Mais avant de chercher à l'éclaircir, voyons d'abord ce qui ainsi les sépare.

Tout, pour elle, en elle, depuis ce moment où, dans le souvenir retrouvé ici vivant, la jalousie haineuse et la douceur d'être aimée, les deux mains de la mère, celle qui donne et celle qui retire, les deux seins, celui qui apaise et celui qui n'est pas pour elle, ont cohabité dans les mots, présents en eux portés par eux, sans que l'un détruise l'autre, tout est devenu douceur tranquille, elle goûte une paix retrouvée. Elle dit même qu'*elle* s'est retrouvée, que dans sa vie les choses ont pris un autre cours, bien différent de jadis. Elle écoute attentivement la liberté de l'homme avec lequel elle vit, et elle en jouit avec lui et pour lui sans se sentir dépossédée, au contraire, enrichie dit-elle. Elle a découvert des traits de ses enfants qu'elle ne connaissait pas, et dont elle s'émerveille, non plus parce qu'ils seraient à sa gloire, mais au contraire parce qu'ils ne lui doivent rien. Son travail d'antan était brillant, mondain, crispé. Elle l'a totalement infléchi, sans heurts, elle crée, elle harmonise, elle est libérée de ce taraudant souci de l'image et les choses vont d'elles-mêmes, elle ne les surveille plus, elle ne se surveille plus, elle veille, tranquille.

Qu'elle soit de belle humeur est donc bien compréhensible. Mais l'analyste, lui, pourquoi ne la partage-t-il pas ?

Les pensées de l'analyste sont confuses. Périodiquement, à l'issue d'une séance, il décide qu'il lui faut sérieusement y réfléchir. Il s'assied à son bureau, il écoute ses pensées et il n'entend rien, qu'une rumeur indistincte. Il s'est même une fois étendu sur son propre divan : trente secondes plus tard, c'est à la nécessité de changer le matelas qu'il songeait. En vacances même, dernièrement, alors que généralement il s'évade avec volupté de ses préoccupations analytiques, il s'est aperçu que cette analyse-là le tracassait, qu'elle ne le lâchait pas. Il est parti en promenade, nez au vent, mains derrière le dos, l'air de celui qui vagabonde dans les bois et dans sa tête, mais il y a eu un lapin, puis un écureuil et les choses sont restées en l'état.

À vrai dire, dans un premier temps il s'est senti, lui aussi, pleinement heureux de cette spectaculaire transformation. Il a pensé qu'il avait réussi cette analyse. Oh ! Pas en délivrant brillamment l'interprétation mutative qui lève le refoulement et qui... etc. Il y a longtemps qu'il a renoncé à ce genre d'illusion. Enfin... soyons plus exact : elle est toujours là, mais il n'en est plus prisonnier, il peut la considérer avec un peu d'humour, comme une de ses pensées parmi d'autres, il peut jouer amicalement avec elle. Non, réussir cette analyse, c'est avoir su la protéger de ce qui sans cesse pouvait la détruire, entamer cet espace si fragile où peuvent se mettre en scène des figures et des sentiments d'une violence inouïe, où se jouent des meurtres et des incestes, des exigences léonines, des désespoirs absolus, suicidaires. Et parce que cela aura pu se jouer, parce que, surtout, cela aura pu se dire, être porté dans les mots où la sauvagerie s'apaise, alors viendra le moment d'en sourire légèrement : ce n'était donc que cela, si violent et dérisoire à la fois, qui tuait la vie ?

Ce pouvait donc être fini. Et ce ne l'était pas. Aurait-il dû, de son propre chef, y mettre un terme ? Dire : Bon ! Nous en avons terminé, nous pouvons maintenant nous séparer ? Mais il a toujours pensé que la fin d'une analyse s'imposait dans une évidence commune. Or il est évident que, d'évidence, il n'y a pas. Est-ce que ce genre d'évidence négative peut être tenue pour une vraie évidence ? La seule évidence absolue étant celle qui se passe de contenu, qui ne tient son statut d'évidence que de sa propre stature, il n'est qu'une évidence qui atteigne à cet absolu : l'évidence vide, l'absence radicale d'évidence, puisque toute espèce positive d'évidence est sans cesse menacée de la lèpre du doute. Mais peut-on penser que l'archétype de l'évidence...

J'ai bien dit que ses pensées étaient fort

confuses ! On aurait tort cependant de ne voir, dans la filandreuse activité psychique dont on vient d'avoir un exemple, que le seul effet de mécanismes de défense de type obsessionnel dans un esprit en proie au conflit. Même si cette façon de caresser l'évidence à rebrousse-poil n'est pas sans évoquer une certaine érotisation de la pensée. Quoique...

Mais non ! L'analyste est tout bonnement aux prises avec un problème quasiment insoluble, auquel est confronté tout analyste : celui de la fin d'une analyse. Ce n'est que par la mise en œuvre d'une exigence rigoureuse que celle-ci a pu s'effectuer : l'abstention de tout acte qui viendrait prendre la place d'une parole et faire ainsi l'économie (coûteuse !) d'une prise de conscience. Or, décider de la fin d'une analyse, c'est commettre un tel acte, le premier et le dernier à la fois. Comment légitimer cette action ? S'il n'est pas d'issue hors de ce paradoxe, il faut alors penser que toute analyse s'achève sur un reste qui lui échappe, ce qui n'est pas en soi une considération scandaleuse ; mais qu'est-ce qui permet de penser que ce reste-là, par définition voué à rester impensé, est acceptable, alors que jusque-là tout a reposé sur le refus d'une telle concession à l'inconnu ?

Au fond, pense l'analyste, c'est sur un tel reste que s'est achevée ma propre analyse. Et si je suis devenu analyste, c'est probablement sur cette lancée, avec ce reste comme moteur. Mais elle ?

Elle n'a aucun désir d'être analyste. (« Quel sale métier vous faites ! » a-t-elle proféré un jour de tempête.) Ce qu'elle veut, c'est vivre, aussi heureuse qu'il est possible. Mais après tout, pratiquer l'analyse est une part, et même capitale, de ma vie. C'est un aspect essentiel de mon bonheur à moi ! (Même s'il est vrai que je me dise parfois, surtout à l'approche des vacances, que c'est un métier impossible et même pas un métier du tout.) Alors, l'analyse comme la vie, l'art de cuisiner les restes ? Mais...

On le voit, le malheureux récidive !

S'il est une chose qu'enseigne l'analyse, c'est que tout finit par arriver à la seule condition qu'on ne s'y oppose pas. Y compris le sens de ce qu'on est en train de faire quand on ne fait rien. On va voir que c'est dans un mouvement paradoxal que ce nœud a pu commencer à se dénouer. Un très grand analyste a écrit qu'il est essentiel pour l'analyse de ne pas chercher à résoudre, à réduire les paradoxes, qu'il faut au contraire les laisser vivre. On ne peut qu'être d'accord, quoique, certains jours, on les trouve bien fatigants.

Un jour donc, et sans que rien puisse laisser prévoir ce moment, alors qu'elle continue sans désemparer à témoigner, comme elle le fait depuis de si longs mois (il préfère ne pas compter), de son bien-être, tombe cette parole qu'il a failli, bercé de douce sérénité, ne pas entendre :

— Je ne sais pas ce que vous en pensez, mais

il me semble que je peux maintenant me passer de l'analyse. Je me suis dit que nous pourrions arrêter avec les vacances d'été.

Ce n'est que son long entraînement à l'impassibilité joint au fait que pendant un moment il doute d'avoir vraiment entendu cela qui font qu'il ne saute pas à pieds joints sur cette occasion et que, de son fauteuil, il met un certain temps à proférer :

— Oui ?

Or, tout est dans le rythme, comme on l'apprend dans les sports de combat. Un oui immédiat eût été acquiescement. Venant après un certain temps de silence, il devient interrogation, relance, sollicitation à en dire davantage. Elle se tait, ce qui est tout à fait inhabituel pour elle, pendant les quelque dix minutes qui restent de la séance.

Le surlendemain, à peine allongée, elle annonce qu'elle a fait un rêve.

— J'étais à un concert de jazz. C'est Armstrong qui jouait, comme pour moi seule. Je le voyais dans l'encadrement d'une sorte de fenêtre, comme si j'étais dans une loge, très près de la scène. Et en même temps, cet endroit, c'étaient mes toilettes, c'est sur le siège des waters que j'étais assise, ça n'avait rien d'anormal. Armstrong me regardait en jouant, avec des yeux tout ronds dont le blanc ressortait sur le noir de sa peau, et j'étais très frappée par ses grosses joues gonflées démesurément autour de l'embouchure de la trompette dirigée droit vers moi. Voilà...

Silence.

— Oui ?

★

— Le jazz, dit-elle, oui... j'aime bien le jazz. J'en écoute de temps en temps, moins qu'autrefois. Et Armstrong, oui...

Silence.

— Bon, je vais le dire puisque c'est à ça que je pense, mais ça me gêne. Les toilettes... Dans le rêve je suis assise dans une loge, mais c'est le siège de mes toilettes. Une chose que je n'ai jamais dite ici, ça ne m'est pas venu, mais voilà... C'est une sorte d'habitude que j'ai, quand je vais aux W.-C., faire mes besoins, enfin... déféquer, quoi ! Quel sale mot ! J'ai dit déféquer pour ne pas dire chier, mais c'est pire, quand je m'entends !

— Quel *sale* mot...

— Oui... Vous voulez dire... je dis un sale mot, c'est comme si je faisais la chose sale ? Ouais... Vous avez quand même l'esprit retors, pour penser des choses pareilles ! Bon, alors, ce que je voulais dire, c'est que, quand je vais aux toilettes... Ah ! Il faut vraiment *tout* dire ? Quelle saloperie, l'analyse ! On ne respecte donc rien ? Pas la plus élémentaire intimité ? Bon, je sais, ça n'a pas cours ici, l'intimité, je ne suis pas idiote ! Mais quand même...

Silence.

— C'est bizarre que je n'aie jamais parlé de ça, pendant toutes ces années, que ça ne me soit jamais venu ! Enfin, ce n'est pas tout à fait vrai, je crois que j'y ai pensé deux ou trois fois, mais... Je me souviens, l'autre jour, ça m'est venu à l'esprit, c'était à propos de ces difficultés que j'ai parfois quand je fais l'amour, avec mon mari, vous savez ? Ah merde ! Je ne vais pas reparler de ça ! Quand je n'arrive pas à... finir, quoi !

Silence.

— C'est drôle, je ne sais pas si je l'ai dit, mais... ça ne m'arrivait jamais avec mes amants, c'était tout le contraire. Je me dis parfois que c'est... comme une preuve d'amour, ça peut paraître curieux mais... Bon ! Ce n'est pas de cela que je parlais. Je parlais des W.-C. De ce truc, là... J'ai du mal ! Mais combien de temps elle dure, cette séance ? Vous êtes sûr que vous n'avez pas laissé passer l'heure ?

Coup d'œil de l'analyste à la pendulette. C'est la fin de la séance, à une ou deux minutes près. Qui s'écoulent dans le silence.

— Bien.

Séance suivante, le surlendemain. D'emblée :

— Je n'ai pas cessé d'y penser, depuis la dernière séance : je n'ai pas réussi à le dire, ce truc, là, à propos des toilettes. (Petit rire.) Je me suis même dit que, vous aussi, vous aviez dû y penser, vous demander ce que c'était.

Silence.

L'analyste :

— Vous ne pouvez pas terminer.

La langue lui a fourché. Il voulait dire, à propos de la séance précédente : vous ne *pouviez* pas terminer. Il n'est pas très content de lui : d'abord, pourquoi souligner cette évidence ? Et puis ce lapsus de surcroît...

Elle explose :

— Eh bien ! Ce n'est pas la peine que je me donne du mal ! Comment vous le savez ?

Qu'est-ce que je sais que je ne sais pas que je sais ? se demande l'analyste avec une certaine mauvaise foi (qu'il lui arrive de cultiver pour d'obscures raisons) car il vient de comprendre de quoi il s'agit. Elle confirme :

— Je crois que c'est depuis... enfin, aussi loin que je me souvienne. Il ne faut pas que je finisse, il faut que je m'arrête avant, que... il faut que j'en garde, en quelque sorte. Quand j'étais petite, ça me jouait des tours, je salissais régulièrement mes culottes, évidemment, avec ce genre de pratique ! Ma mère me faisait honte avec ça, mais c'était plus fort que moi ! C'est toujours plus fort que moi J'ai honte, de vous dire tout ça. Quelle belle image ! L'autre jour je disais que j'aimerais bien que vous me trouviez séduisante... c'est gagné ! Voilà que je suis en train de parler de mes culottes sales !

Il intervient, complètement à contretemps. Sans doute parce qu'il voudrait lui éviter la honte, qu'il a un peu mal pour elle. En quoi il est un bien mauvais analyste, car il n'a pas à lui éviter quoi que ce soit, mais pour lui aussi, c'est plus fort que lui. Moyennant quoi, s'entendant parler et regrettant ce qu'il est en train de dire, il comprend brusquement ce qui est en jeu.

— Vous vous arrêtez pour ne pas finir.

Elle aussi l'entend.

— Vous voulez parler de l'analyse, de mon projet d'arrêter avec les vacances ?

Elle fait silence jusqu'à la fin de la séance. Un silence lourd, crispé. Plus d'une demi-heure, ce qui est très long. Du moins, pour l'analyste.

Séance suivante. Elle se tait un long moment, qui semble poursuivre sans interruption le silence de la séance précédente.

— Hmmm ? fait l'analyste après un bon quart d'heure.

— Je sais. Je suis arrêtée sur ce que vous avez dit, enfin ce que j'ai dit, la dernière fois. Pendant tout le week-end, je n'ai pensé qu'à ça, arrêter pas finir, je n'arrive pas à me le déloger de la tête.

— Déloger ?

— Ah oui ! La loge dans le rêve. Oui... J'y ai repensé, mais sans plus. Armstrong et ses grosses joues... Oh non !

Silence.

— Non ?

— C'est à cause d'une expression de mon

oncle Armand, vous savez, le géant, je vous en ai parlé, celui qui vivait à la campagne dans les Ardennes, le gentleman-farmer, comme il disait. Je l'aimais bien. Il me faisait monter sur son cheval, un énorme boulonnais. Il était d'une force incroyable. L'oncle Armand, je veux dire, pas le cheval. Le cheval aussi, d'ailleurs ! Il se penchait, me cueillait par un bras et hop ! Je me retrouvais assise devant lui et on partait au galop dans le pré, un vrai char d'assaut, ce cheval, j'étais terrorisée. Et ravie, bien sûr.

— Armand. Le bras. Arm-strong.

— Ah ! bravo ! Vous ne pouvez pas vous empêcher, hein ? (Rire.) Moi, j'en faisais une autre, quand j'étais adolescente : l'oncle Armand, c'est un amant qui n'en a pas l'air. L'« r » ! Vous comprenez ?

Allons bon, donc ! S'il comprend ?

— Je sais, c'est très mauvais, mais que voulez-vous ? Puisqu'il faut tout dire... Pourquoi je parlais de lui ? Ah oui ! On galopait dans le pré, je rebondissais sur le cou du cheval, heureusement qu'il me tenait ! Et quand on s'arrêtait, c'était toujours le même rituel. Il descendait d'abord, puis m'attrapait, me posait par terre et me donnait une bonne claque sur les fesses en disant... ah ! j'ai honte !

— Il disait : ah ! j'ai honte ?

— Non ! C'est moi qui ai honte. Parce que c'est encore de ça qu'il s'agit.

— De ça ?

— Oui. De derrière. De fesses, quoi. Il disait : « Ça t'a point trop talé le joufflu ? »

★

— Cette histoire de... joufflu, ça m'a vraiment travaillée. Depuis l'autre jour, j'y repense sans cesse, je me regarde tout le temps dans la glace, j'ai failli en attraper un torticolis ! Parce que, vous savez, j'étais plutôt ronde quand j'étais petite, on ne dirait pas maintenant mais jusqu'à treize-quatorze ans j'étais... potelée, comme on dit. Après, j'ai poussé comme une asperge. Ça me tracassait vraiment. Parce que ma mère était une Battu...

— ... battue ?

— Pas battue, une Battu, c'était le nom de sa famille ! Vous avez oublié ? Ou peut-être que je ne vous l'ai pas dit ? Les Battu, de Gand, toute une tribu. Et les femmes avaient toutes, enfin, presque toutes un postérieur... imposant. De bonnes fesses, quoi ! Alors, on disait : elle a les fesses Battu. Et on riait. Vous voyez, on était des gens simples, malgré les apparences. Alors moi, j'avais très peur d'avoir les fesses Battu, je me regardais toujours dans la glace, ce n'est pas facile, essayez vous verrez.

— Les fesses battues, comme par l'oncle Armand ?

— Eh bien... maintenant que vous le dites... Ça me faisait plutôt plaisir, cette claque aux fesses, mais c'est vrai que ça me gênait aussi, justement parce que ça me faisait penser à mes fesses Battu. Alors depuis cette histoire de joufflu, à la dernière séance, je n'arrête pas... vous allez rire! Je n'arrête pas de me regarder le popotin dans la gl...

Silence. Long.

— Hmmm?

— Je n'avais pas réalisé. La glace dans laquelle je me regarde le plus souvent, c'est celle qui est dans mes toilettes, une grande glace en pied sur le mur près de la porte. Encore ces histoires de W.-C., je n'en sors pas!

— Je n'en sors pas...

Silence, jusqu'à la fin de la séance.

Long silence, au début de la séance suivante.

— Hmmm?

— Je repensais... je réécoutais plutôt, Armstrong, je me suis mis *Porgy and Bess* hier soir, avec lui et Ella Fitzgerald. J'ai pleuré comme un veau. Je ne sais pas pourquoi on dit que les veaux pleurent? Peut-être quand ils appellent leur mère, pour téter? Ah! Ce moment, vous savez, *Summertime*, quand il attaque le morceau, ça me tue!

L'analyste se demande ce que signifie ce «vous savez» qui revient si fréquemment. Pendant qu'il s'interroge, il s'entend relancer, un peu mécaniquement :

— Quand il attaque le morceau?

Et il obtient un silence de trente minutes.

Séance suivante.

— Vraiment, en ce moment, l'analyse... J'aurais dû arrêter avant...

— Avant ?

— Avant tout ça ! Toutes ces histoires de... derrière. J'en ai marre. Hier encore... (Long silence.) Bon ! Allons-y ! C'est la trompette... Pète... Ah non !

— C'est à cela que vous avez pensé hier ?

— Non ! Ça, c'est tout de suite. Hier, c'était bien pis. La trompette, entre les joues gonflées d'Armstrong, j'y ai repensé... C'était comme... enfin vous voyez ? *(vous savez, vous voyez... ?)* Comme un truc, là, une... un étron, quoi !

— Retenu entre les fesses.

— Oui. Mais aussi... quand je fais l'amour, j'aime bien... je n'aime pas... ah ! Il faut tout dire ?

Lui dire oui, si on veut entendre il faut dire ? Laisser percevoir qu'il a envie qu'elle dise, que ça l'intéresse, allons, soyons franc, que ça l'excite ? Ne rien dire, et confirmer le « vous savez ? », « vous voyez ? », la connivence, nous savons tous deux de quoi il est question, et nous n'en parlerons pas... Elle vient à son secours avant qu'il ait résolu son dilemme.

— Bon. Le sexe de l'homme, de mon amant. Le retenir, le garder. Longtemps. Toujours... Pour moi seule.

— Armstrong jouait pour vous seule.

— Oui. Vous savez *(encore !)*, quand je vous dis des choses comme ça, j'ai honte. Pas tant parce que c'est de cul, de merde ou de sexe qu'il s'agit, mais parce que j'ai l'impression... je suis un peu folle, non ? Pas normale, d'avoir des idées pareilles.

— Dans le rêve, « ça n'avait rien d'anormal ».

— Ah oui ! Vous avez une sacrée mémoire, vous ! Vous retenez tout ce que je dis !

— Je *retiens* tout.

— Ah merde ! Excusez-moi mais... ça fait beaucoup ! Vous retenez ce que je dis, vous me retenez, comme je retiens tout ça, toutes... (rire) toutes ces trompettes.

Un temps, puis, d'un ton rêveur et pas vraiment gai :

— C'est drôle... je pensais, la fin de l'analyse, vous ne me retenez plus, enfin je ne vous fais plus me retenir, je m'en vais, vous restez... je me disais... Je me disais que vous seriez triste ! Vous voyez *(!)* je ne me prends pas pour de la merde !

Dégonflé, le joufflu, pense l'analyste, qui dit :

— Triste...

— Plus que ça même. Comme si je pensais que ça allait vous faire mal. Je n'ai pas envie de vous faire mal. Ni d'avoir mal.

⋆

Plus que quelques séances avant la scansion des vacances d'été. Depuis qu'elle a annoncé son intention d'arrêter l'analyse à cette date, il y a eu le rêve et ses remous. L'analyste est indécis : est-elle toujours résolue à interrompre ? Serait-ce une interruption, ou une fin ? Comment en décider ? « Je n'ai pas envie de vous faire mal, ni d'avoir mal. » Il a des interprétations toutes prêtes à servir, pour comprendre cette phrase, des interprétations qui relanceraient l'analyse. Il pourrait lui dire : « Vous êtes ce sexe d'homme qui ne doit pas être lâché, que je retiens, qui me complète et dont la perte me ferait mal. » Il pense phallus anal et mère castrée. Mais peut-on dire semblables grossièretés ?

Quelle drôle d'idée ! Bien sûr, on le peut ! Il y a belle lurette qu'il a appris à renoncer aux élégances. Pourquoi alors cette impression, cette sensation plutôt, de lourdeur incongrue, de bêtise un peu obscène, lorsqu'il imagine lui dire quelque chose de cet ordre ? Car il imagine, l'analyste, énormément. Ce qu'il lui a effectivement dit, au cours de ces six années d'analyse, ne remplirait pas une page d'écriture. Mais ce qu'il a imaginé lui dire, les phrases qu'*in petto* il lui a adressées, cela ferait sans doute un long roman. Un drôle de roman, pense-t-il. Vraiment fou. Oui, un tel roman, c'est peut-être ce qui pourrait donner une image de la folie. Toutes ces pensées suscitées en lui, chaotiques, violentes ou douces, se perdant dans les sables, resurgissant sans prévenir, crues, tendres, sanglantes, parlant d'amour et de meurtre, d'organes qui vivent leur vie sans vergogne, se torturent et se caressent, un Jérôme Bosch déroulé jusqu'à l'horizon. Tout ce qu'il n'a pas dit et qui pourtant était là.

Il s'est tu, le plus souvent, il a laissé les images, les mots, aux bords de son silence, aux confins de la place qu'obstinément il gardait vide pour qu'une silhouette imprécise, imprévue, s'y esquisse. La fragilité d'un être humain en mouvement dans une jungle inconnue.

Il a souvent eu du mal à se taire, à renoncer à intervenir, s'interposer, agir en somme. Mais jamais autant qu'aujourd'hui, dernière séance avant l'échéance. Il se reproche d'avoir attendu jusqu'à cette extrême limite, il a failli cent fois en parler, cent fois il a temporisé, elle allait y venir d'elle-même, pensait-il. Mais elle n'en a rien fait, et l'idée qu'elle parte dans ces conditions est de plus en plus intolérable. Il a le sentiment que c'est le travail de ces six années qu'il va laisser détruire, s'annuler, s'il n'intervient pas. Il va donc intervenir, c'est décidé, il l'accueille avec cette détermination en tête.

Elle s'allonge. Tiens ! elle ne retire plus ses chaussures. Il s'aperçoit que cela doit faire un bon moment que le rituel a cessé, il l'a vu mais ne se l'est pas dit, ne l'a pas pensé. Bizarre. Est-ce cela, une hallucination négative ?

Mais le moment n'est pas à de telles considérations. Il va la laisser commencer, et à la première occasion ou s'il le faut sans occasion du tout il lui dira sa désapprobation. Seulement sa désapprobation, ou l'assortira-t-il d'une interprétation, qu'il faudrait alors claire, concise, évidente ? Il en prononce dix, en silence, il les écoute, elles ne le convainquent guère.

— Il s'est passé quelque chose de bizarre, dit-elle. Ça ne va pas être facile à raconter... J'étais aux toilettes (rire) encore ! Vous allez croire que j'y passe mon temps ! Je vous ai dit qu'il y avait un grand miroir en pied sur le mur, en face du siège. Eh bien, je me regardais dedans.

Silence.

— Hmmm ?

— Je sais, ça a l'air idiot, dit comme ça. Mais ce dont je me suis aperçue alors, c'est que je me regarde toujours dedans, quand je suis aux toilettes.

— Hmmm ?

— Mais vous ne comprenez pas ? Je me regarde toujours dedans, mais *je ne le savais pas.* Jusqu'à hier.

L'analyste désarçonné pense à sa propre surprise, tout à l'heure, quand il s'est aperçu qu'il avait vu depuis longtemps qu'elle n'enlevait plus ses chaussures, mais qu'il ne le savait pas.

— Mais alors, dit-il, *qui* regardait ? Ou plutôt, vous vous regardiez, mais *qui* voyait ?

— C'est exactement ce que je me suis demandé. Quelqu'un qui était moi et qui n'était pas moi. Quelqu'un dans mon dos, derrière ma tête.

L'analyste produit un silence bruyant.

— Oui ! J'ai entendu. Vous êtes dans mon dos, derrière ma tête. C'était peut-être vous, en effet ? Quelqu'un comme vous...

— Quelqu'un qui regardait, se regardait et dont vous n'étiez qu'une partie.

— Une, partie... Oui, c'est ça. Au fond, quand je regarde mon visage dans la glace, mon visage ne sait pas qu'il est regardé, même mes yeux ne le savent pas. C'est moi qui le sais. Ce sont les yeux que j'ai derrière mes yeux qui voient que mes yeux regardent mes yeux. Ah ! Ça devient bien compliqué ! Et pourtant non, en même temps c'est tout simple. Maintenant c'est fini, je me regarde et je me vois, c'est moi qui me vois.

— Maintenant, c'est fini ?

— Oui. C'est fini.

— Je le pense également.

Virus

Mélanie Starkiss soupire et, d'un coup de pouce rageur sur la télécommande, éteint le téléviseur. Depuis le début de la soirée, elle fait le tour des chaînes, quarante-cinq en tout en comptant les étrangères, et pas un programme qui présente le moindre intérêt. Elle quitte son fauteuil, erre dans la pièce, jette un coup d'œil sur les revues posées sur la table basse. Elle a tout lu, et relu. Elle va à la fenêtre, écarte le rideau et pose son front sur la vitre fraîche. Sur le boulevard, trois étages plus bas, règne une joyeuse animation, bien qu'il soit plus de minuit. Des voitures qui démarrent, des groupes qui s'arrêtent un moment sur le trottoir pour discuter, des couples qui passent enlacés, des exclamations et des rires qui montent jusqu'à elle. Le samedi soir est pire que tous les autres soirs. Toute la banlieue débarque dans ce quartier où abondent les restaurants, les cinémas et les théâtres. Ces gens-là n'imaginent même pas qu'on peut aussi y habiter, et que leurs bruits peuvent troubler le repos des riverains. Si l'on faisait de même, à cette heure, devant leurs pavillons de Fontenay ou d'Issy-les-Moulineaux, pense-t-elle, ils sortiraient leurs fusils de chasse !

Mais ce n'est pas pour cela qu'elle ne dort pas, elle le sait. Elle passe dans la cuisine, ouvre la porte du réfrigérateur et reste immobile à contempler yaourts et riz au caramel, crème de marrons et entremets qui encombrent les étagères. Résiste, Mélanie, au moins pour cette fois ! Un verre de lait, c'est tout. Elle referme la porte, revient dans la salle de séjour. L'ordinateur ? Non ! Surtout pas ! L'expérience avait été trop éprouvante, elle ne doit jamais recommencer. Elle n'avait pu, après cela, se rendre à ses séances pendant plus d'une semaine, et, bien que l'affaire remonte à un bon mois, le terrible secret pèse toujours autant. Elle ne pense qu'à cela, et ne peut plus sortir que quelques banalités entrecoupées de longs silences crispés. Il faudra bien en parler un jour, elle le sait ; sinon, à quoi bon poursuivre ? Mais cette seule pensée lui donne la nausée.

Si elle doit céder, alors plutôt le répondeur, qui suffit parfois à la calmer, à lui permettre de s'endormir. Cela, elle l'a avoué, et elle se sent moins fautive. À cette heure-ci, un samedi surtout, Fergus ne décroche jamais, elle en a maintes fois fait l'expérience. Elle s'installe dans le fauteuil près de la petite table basse, appuie sur la touche du haut-parleur et compose le numéro, puis se laisse aller en arrière et ferme les yeux. Les trois sonneries, comme d'habitude, puis sa voix. Ah! Sa voix! Grave, profonde, si sûre d'elle et si douce à la fois...

Bonjour. Vous êtes bien au cabinet du docteur Fergus. Je ne peux vous répondre pour le moment, mais vous pouvez me laisser un message après le signal sonore. Vous pouvez également me rappeler à ce même numéro demain dans la journée, entre neuf et vingt heures. Merci.

Mélanie sent la voix paisible se répandre en elle, elle l'absorbe avidement. Lorsqu'elle le lui a avoué en séance, après bien des hésitations et un lourd sentiment de honte, Fergus lui a doucement fait remarquer qu'elle employait pour en parler les mêmes expressions qu'elle venait d'utiliser à propos de sa compulsion à manger ou à boire, parfois, tout ce qui lui tombait sous la main : «Je n'y peux rien, c'est plus fort que moi. Ça me calme.»

— Vous buvez mes paroles, avait-il dit.

Oui, en effet, c'est bien ce qu'elle ressent, la voix chaude descend dans son corps, comble toutes ces lacunes, ces failles internes qui la torturent. Oui, c'est bien cela. Et alors?

Elle coupe la réception, puis appuie sur «Bis». De nouveau les trois sonneries, et de nouveau la voix. Quand elle veut, comme elle veut, autant de fois qu'elle l'exige... Le seul problème : comment s'arrêter? Elle pourrait continuer la nuit entière. Il lui est déjà arrivé de voir le jour se lever, alors qu'elle flottait dans un demi-sommeil, que sa main faisait machinalement les gestes nécessaires et que la voix obéissante revenait inlassablement résonner dans la pièce : *Bonjour. Vous êtes bien...* Oui, je suis bien...

— Vous faites revenir le sein à votre convenance, vous maîtrisez ses départs et ses retours, avait dit Fergus.

Cette interprétation n'avait rien changé à sa compulsion. C'était sans doute vrai (bien que, « le sein de Fergus », cela faisait bizarre...), elle en sentait intuitivement l'exactitude, mais pourquoi aurait-elle renoncé ? Avait-il mieux à lui proposer, pour éteindre l'angoisse de la nuit ? Et puis, de toute façon, tout ce que disait Fergus — et il ne disait pas grand-chose, et pas souvent ! — ne valait guère, pour elle, par son contenu. Elle n'écoutait pas les paroles, elle buvait la musique, elle s'emplissait de la voix. Comme maintenant. Comment l'eût-il détachée de ce qu'il lui donnait au même moment ?

Oui, le seul problème, c'était : comment arrêter ? Trouver cet instant où elle était (presque) rassasiée et pouvait aller dormir accompagnée de l'écho de sa voix ? Parfois elle ne réussissait pas cette délicate transition, et se retrouvait une heure plus tard, agitée, luttant contre l'envie, la nécessité plutôt, de retourner vers le téléphone. Et elle finissait par céder. Rien ne pouvait remplacer sa voix.

Rien, sauf... Mais il ne fallait plus y penser, plus jamais. Se disait-elle en ne pensant qu'à cela. À ce moment, il y avait un mois environ, où...

★

Trois heures du matin. Elle s'était relevée, était allée se servir un grand verre de lait dans la cuisine et, revenue dans le salon, avait tourné autour du téléphone. Et puis elle avait eu l'idée de se mettre plutôt à son ordinateur, qu'elle délaissait depuis quelque temps. Elle était experte en informatique, c'était sa spécialité professionnelle. Et plus précisément, la sécurité informatique. On faisait appel à elle pour concevoir les systèmes sophistiqués qui permettaient de faire échec aux tentatives de piratage. Elle avait dernièrement réussi, à la satisfaction de son employeur — qui reconnaissait généreusement ses mérites —, à rendre inviolable le réseau intérieur d'une grande compagnie d'assurances, confrontée à d'incompréhensibles opérations de remboursement. Inviolable... pour un temps seulement, car les pirates ne cessaient d'inventer de nouvelles manières de tourner les verrous les plus solides. Et elle, de nouvelles parades.

Son travail la passionnait, elle s'était procuré un puissant ordinateur et poursuivait chez elle, parfois tard dans la nuit, ses jeux de piste électroniques. Cela jusqu'au moment où elle avait découvert le répondeur, un jour où elle devait décommander une séance. Depuis ce jour, l'ordinateur était resté en veille.

Elle avait tenté d'y revenir ce soir-là, ce soir où tout avait basculé. Assise devant la console, le verre de lait à portée de main, elle avait lancé sa connexion Internet. Le désir d'entendre encore la voix ne la lâchait pas, ses doigts couraient d'eux-mêmes sur le clavier tandis que son esprit continuait à penser à lui. À lui... le répondeur; à elle, la voix. Elle prit brusquement conscience que ce n'était pas vraiment Fergus lui-même, sa personne, qui l'obsédait, mais cette... chose, cette substance, la voix, qui seule l'intéressait. Elle en éprouva comme un remords à son égard. Comme si elle l'utilisait malgré lui, comme un instrument, un... fournisseur de voix!

Fergus... Avait-il, lui aussi, un ordinateur? Naviguait-il lui aussi sur la «toile»? Elle l'imaginait mal devant un clavier. Machinalement, elle s'adressa au répertoire d'adresses électroniques. Pas de Fergus. Évidemment! Mais elle avait l'habitude de ne pas s'en tenir là dans ses recherches. Les gens auxquels elle s'intéressait ne s'inscrivaient pas dans l'annuaire! En quelques gestes rapides, elle exécuta les opérations nécessaires. Tout le monde devait passer par un serveur, et les serveurs avaient leurs fichiers centraux. Y pénétrer n'était pour elle qu'un jeu d'enfant.

Michel Fergus! Il était là, avec son adresse

électronique, son « e-mail » tout banal, *mich.fergus @wanadoo.fr*, la plus simple qui soit. S'il ne figurait pas sur le carnet d'adresses, c'était probablement qu'il ne s'était même pas donné la peine, comme tous les débutants, de s'y faire enregistrer.

Mélanie sentit son cœur battre plus rapidement. Allait-elle lui envoyer un message ? Anonyme ? Lui dire... quoi ? C'était une curieuse impression : il n'était plus question de voix maintenant. C'est à l'homme qu'elle allait s'adresser. Sans qu'elle en comprît clairement la raison, cette idée lui fit peur. Machinalement, guidés par l'habitude, ses doigts pianotèrent rapidement sur le clavier et c'est sans l'avoir clairement cherché qu'elle ouvrit la « boîte aux lettres » de Fergus. Celui-ci n'avait même pas pris la précaution élémentaire de la protéger par un mot de passe. L'eût-il fait, au demeurant, que ce n'eût été qu'un jeu d'enfant pour Mélanie que de le contourner : les difficultés auxquelles elle était généralement confrontée étaient autrement ardues. Mais enfin, elle n'aurait pu ignorer son geste ; alors que maintenant, sans l'avoir consciemment voulu, elle se trouvait au cœur de l'intimité de Fergus.

L'écran annonçait trois messages non lus. Un simple geste suffisait pour qu'elle y ait accès. Elle hésita un long moment, puis se rassura en pensant qu'il n'y avait là, probablement, que les messages les plus courants dont elle devait elle-même débarrasser régulièrement sa boîte aux lettres. « Miracle de la psychologie scientifique.. les plus hautes autorités... méthode infaillible pour séduire une femme en moins d'une heure, l'aphrodisiaque subliminal, cinq dollars... » Ou bien : « Investir cinq cents dollars au taux garanti de 34 % minimum, impossible ? Pas avec nous... » Elle allait lui rendre service en le débarrassant elle-même de ce fatras.

Elle cliqua sur le premier message : c'était bien cela. On proposait un placement de rêve, gagner plusieurs milliers de dollars en six mois, une adresse aux Bahamas. Fergus devait être un grand naïf dans ce genre d'affaires, pensa-t-elle avec un sourire attendri. Un clic de la souris, et le message disparut. Le deuxième s'afficha automatiquement.

« *Bien reçu et exécuté votre ordre d'achat 500 actions "China invest. prog." effectif au 01 10 98. Investar.* »

Ainsi Fergus jouait à la Bourse ! Et passait des ordres par Internet. La découverte laissait Mélanie rêveuse devant son écran. Elle ne l'aurait jamais imaginé boursicoteur. Mais que savait-elle de lui ? Au fait ! S'il se servait ainsi de son ordinateur, il y enregistrait probablement ses opérations financières, l'état de ses comptes ?

Les doigts agiles coururent de nouveau sur les touches. Disque dur, rechercher... « Comptes » ? Néant. « Bourse » ? Rien. « Portefeuille » ? Gagné ! Elle suivit rapidement le chemin que lui indiquait l'écran remontant de dossiers en fichiers. Brusquement, une impressionnante liste d'opérations, et de chiffres qui leur étaient affectés, se déroula devant elle. Eh bien ! À vue de nez, le portefeuille de Fergus devait brasser plusieurs millions ! Machinalement, elle referma le fichier, et le glissa sur le « bureau » de son ordinateur où elle le copia. Elle pourrait ainsi l'examiner tranquillement plus tard. Puis elle ferma également le dossier, et la boîte aux lettres abandonnée réapparut. Ah oui ! Le troisième message ! Elle appuya sur une touche.

« *Mon lointain amant, vous êtes maintenant prenant trop de place sur le mien hard drive mais aussi peut-être dans la mienne vie, non ? Et pourquoi vous n'apprenez pas l'américain ? Je pourrai alors dire sans penser réfléchir les mots d'amour. Ici à Chicago il est 12°, Fahrenheit bien sûr calculez yourself vous verrez j'ai froid. Quand viendrez-vous me réchauffer ? Your Mélanie.* »

Your Mélanie ? *Your* Mélanie ? De Chicago ! Une vieille peau d'Américaine qui avait le culot de s'appeler Mélanie ? Une fureur irraisonnée grondait, tournoyait dans son esprit. Ses doigts, en un brutal réflexe, esquissèrent le geste qui, en frappant trois touches, eût supprimé le message et effacé le nom de l'usurpatrice. Elle se retint au dernier moment, se leva et fonça dans la cuisine se servir un grand verre de lait qu'elle but avidement en revenant dans le salon et en regardant par la fenêtre les lumières de la ville endormie. Le liquide froid ne calma guère la rage brûlante qui bouillonnait en elle. Elle se retourna. L'écran, à l'autre bout de la pièce, luisait dans la pénombre. À côté de lui, le verre aux trois quarts plein qu'elle avait oublié. Elle réprima l'envie de jeter sur le moniteur celui qu'elle tenait en main, de fracasser la machine ironique et hostile.

Et Fergus, quand elle venait en séance et qu'il se disait : « C'est Mélanie », c'est à l'autre qu'il pensait, sûrement ? D'ailleurs, se disait-il : « C'est Mélanie » ? Sûrement pas. Il devait penser : « Mademoiselle Starkiss. » Ou même « la Starkiss », pourquoi pas ? En tout cas pas Mélanie, il n'y avait pour lui qu'une Mélanie, cette traînée lubrique de Chicago qui demandait à être réchauffée, je t'en... Elle se sentait dépouillée de son nom, son prénom plutôt, qu'elle aimait par-dessus tout, où elle se reconnaissait bien plus qu'en son nom, Starkiss, baiser d'étoile, tu parles ! Légué par un père américain, lui aussi, G.I. resté en France après la guerre, juste le temps de faire un enfant à sa mère et de disparaître sans laisser d'adresse. Elles n'avaient jamais eu de ses nouvelles. Si ça se trouve, il était à Chicago, lui aussi. Il y faisait la paire avec cette *fucking* Mel...

Cette dernière pensée lui laissa un certain malaise dont elle n'eut pas envie d'approfondir la raison. Un peu calmée, elle retourna à pas lents vers l'écran et resta un temps debout devant lui, en le regardant fixement. L'adresse électronique de la correspondante de Fergus figurait en en-tête. Ce n'était pas un de ces groupes de discussion qui pullulaient sur la toile et dont certains — elle était parfois tombée sur l'un d'eux dans ses navigations au hasard — avaient une vocation explicitement érotique, non, c'était bien une correspondance personnelle. Si Fergus était aussi novice en informatique qu'il le semblait, il n'avait probablement pas pensé à effacer ses messages précédents, qui devaient alors se trouver en mémoire, ceux qu'il avait envoyés comme ceux qu'il avait reçus, sans qu'il le sache lui-même peut-être. Il suffisait à Mélanie d'un geste simple pour les faire apparaître. Elle ne résista que quelques instants, puis, se réinstallant résolument devant la console, enfonça les touches nécessaires.

Une longue série de messages se déroula sur l'écran. Mélanie les transféra dans sa propre « mémoire », alluma l'imprimante et lança l'impression. La machine se mit à cracher des feuillets. Mélanie immobile regardait la vie intime de son analyste s'écrire devant elle, page après page. Une douzaine en tout, qu'elle ramassa et posa devant elle. Et contempla longuement, sans se décider à les lire.

★

Il faudrait sans doute que j'intervienne, que je l'aide à sortir de là, pense Fergus en regardant

Mélanie Starkiss allongée devant lui, rigoureusement immobile et silencieuse. Mais comment ?

Il y a différentes qualités de silence, c'est un fait que connaissent bien tous les analystes, même s'ils ne sauraient guère expliquer sur quoi se fonde une telle impression. Et même s'ils se trompent parfois lourdement ! Il y a des silences légers, qu'on sent habités de pensées folâtres, un espace de liberté que l'on respecte de même qu'on ne dérange pas un petit enfant qui joue à l'autre bout de la pièce en babillant. On n'est pas exclu, on est à côté, et on attend qu'il vous adresse un signe. Il y a aussi des silences torturés, pleins de pensées inavouables, sur lesquels pèse une culpabilité accablante. Il faut devant ceux-là se faire attentif et discret, encourager à parler sans ajouter aux reproches internes ce qui serait entendu comme une accusation de dissimulation.

Il y a des silences de repli profond, où rôdent la tentation du désespoir et de l'abandon, le renoncement à toute communication avec un autre humain, des silences où la pensée se minéralise. Il faut alors être là, résister à sa propre disparition, soutenir malgré tout, et surtout contre soi-même et le découragement qui menace.

Mais il y a aussi des silences hostiles, chargés de haine. On a le sentiment que l'intervention la plus anodine peut être l'étincelle qui mettra le feu aux poudres. Comment alors trouver la parole exacte qui ne sera pas entendue comme provocation, qui en acceptant la haine sans y répondre en fera un objet de pensée et non plus le brasier destructeur de toute pensée?

Toutes ces nuances sont présentes et mêlées dans le silence de Mélanie, et laissent Fergus perplexe. Cela fait un bon mois que dure cette sorte de «panne», sans compter la semaine d'absence qui l'a inaugurée, une absence sur laquelle elle n'a pas dit un seul mot. Quelque chose est en train de se jouer là, dans le transfert, c'est-à-dire sur une scène où lui-même est acteur, mais qui lui échappe totalement. Voilà qui est sûrement exact, pense-t-il, mais qui ne t'avance guère! Quelque chose se joue, oui, mais quoi? Avant tout, relancer la parole, solliciter les mots. Seuls les mots mettent du mouvement : justement parce qu'ils sont toujours insatisfaisants, inadéquats aux états de l'âme qu'ils cherchent à traduire, et qu'ils en appellent d'autres et d'autres encore, et que cette tentative toujours échouée dit... ou crée? ou... oui, plutôt, dessine, *trace* le chemin d'une adresse, d'une demande, d'un désir.

Freud à la rescousse. Comment formulait-il cela, déjà? Ah oui!

— Vous ne parvenez pas à dire vos pensées, peut-être même à les penser vraiment, parce que sans doute elles m'impliquent, me concernent, personnellement.

Et tac! Ça y est, ma foi, c'est fait. Je m'avance

beaucoup, je me propose, je sollicite, c'est quand même un peu séducteur. Ai-je bien fait? Même avec la caution de Sigmund?

On le voit, Fergus est un analyste scrupuleux. Il craint souvent de céder à ses impulsions, de mettre en acte des désirs plus ou moins obscurs; celui d'être aimé, par exemple. Surtout celui-là, d'ailleurs. Sigmund Freud lui est généralement d'un grand secours dans ce débat intime.

Pour l'instant, tout ce qu'il obtient est une infime, mais perceptible crispation de tout le corps déjà fort tendu de Mélanie. Qu'importe! Ne pas tabler sur un acquiescement immédiat, toujours douteux, ne pas se laisser rebuter par une dénégation, ni par un silence. Attendre, faire confiance à la magie lente de l'analyse, à la lointaine résonance des mots.

Peu avant la fin de la séance, elle dit :

— C'est à cause... de... l'autre Mélanie.

Difficilement. Dans un souffle. Fergus n'est pas sûr d'avoir bien entendu. Et, s'il a bien entendu, il trouve cela fort énigmatique. Mais elle a parlé de nouveau, c'est d'abord ce qui compte, c'est bien ce que tu cherchais, non? Alors, ne force pas les choses, va doucement. D'ailleurs, c'est l'heure d'arrêter.

⋆

Elle s'est décidée ce soir à les lire, ces feuilles sur lesquelles elle a imprimé les messages de

Fergus. Jusque-là, elles traînaient sur le bord du bureau, tous les soirs regardées, repoussées. Mais aujourd'hui c'est différent, *elle* est différente. Elle a dit son secret, elle est libérée.

Non, elle est de mauvaise foi. Elle n'a pas dit grand-chose, seulement ce nom... Tu crois t'en tirer ainsi, à l'économie ? Elle doit mettre les choses à plat. Au jour. Tout. Tout mettre au clair, tout dire, et tant pis ! Et pour commencer, lire ces messages.

Telles sont les ruses de l'inconscient, et sa diabolique insistance. Mélanie décide de renoncer à sa pratique clandestine, et la première décision qu'elle prend est de pénétrer plus avant dans l'intimité de Fergus !

Les trois messages qu'elle avait lus en premier étaient un bon échantillon de l'ensemble. À part un bref échange avec un Canadien, où il est question de pêche au saumon (tiens ! Fergus est pêcheur ?), il n'y a que relances commerciales, ordres et comptes rendus boursiers, et... et tout cet échange avec cette... Mélanie. Qui court depuis plus d'un an. Ils ont dû se rencontrer à un congrès, ils y font allusion. Elle est probablement psychanalyste elle aussi, il est question d'échanges scientifiques, des différences d'appréciation entre Européens et Américains, etc. Et puis le ton change peu à peu. Elle lui parle d'elle, de sa vie. Divorcée, semble-t-il. Elle l'aurait juré !

« *Vous dites la fraternité manque dans ces*

réunions. Je vois ce que vous dites. Moi aussi je pense. Sûrement vous demandez ma fraternité? »

« *Peut-être que je demande trop, à tout le monde ; ce n'est pas adressé à vous seule, chère Mélanie.* (Chère !) *Peut-être est-ce mon métier qui veut cela ? En tout cas je ne voudrais pas que vous vous mépreniez sur mes propos.* »

« *J'ai compris, mon ami. Je ne me méprenne... ah ! comment dites-vous cela ? Je ne me trompe pas, voilà, je sais que ce n'est pas fraternité que vous demandez, je suis d'accord.* »

« *Chère Mélanie* (encore !), *je ne suis pas sûr de comprendre ce que vous me dites. Avez-vous pensé que je cherchais autre chose que le contact amical avec une collègue ?* »

« *Vous n'avez pas besoin de dire plus, tendre ami. J'entends, je lis plutôt, à moitié mot. Oui, je vous comprends. Je comprends ce que vous moi demandez. La réponse est : oui !* »

« *Mais oui à quoi, Mélanie?...* » etc.

Et cela continue ainsi, et se tord et se distord de message en message. L'Américaine se saisit du moindre mot, de la phrase la plus innocente, pour l'entendre selon son répugnant désir. Mélanie, la tête dans les mains, sent physiquement le piège se refermer sur Fergus. Mais elle sent aussi comment il fonctionne dans l'esprit de l'autre Mélanie. Elle sait comment cela peut se passer, comment la passion peut torturer et faire plier la pensée, comment le moindre mot devient promesse, à laquelle on veut d'autant plus croire qu'on sait qu'il n'en est rien, et qu'on n'en veut rien savoir, et qu'on ne le sait plus, qu'il est devenu vital de l'ignorer. Elle sent la haine, la haine de l'homme, qui monte dans les paroles d'amour de cette femme, elle le sent parce qu'elle l'a, elle aussi, jadis éprouvée.

«*Mon bel amant, j'appelle ainsi parce que vous savez bien que j'ai vous avec moi toutes les nuits, mon bel amant j'aime votre discrétion, mais ne dites pas non, je n'aime pas, je ne veux pas, simplement ne dites rien. Dites plutôt quand vous venez à Chicago? Vous aviez parlé du printemps et il est juin!*»

«*Mélanie. J'avais parlé du printemps seulement pour dire que je l'attendais avec impatience, après la grisaille de l'hiver parisien, mais je n'ai jamais dit que je voulais venir à Chicago! Pour rien au monde je ne voudrais vous blesser, je vous aime beaucoup* (idiot! tu t'enferres!), *mais je ne veux pas que vous vous trompiez. Je le dis clairement : n'attendez rien de moi. Mon cœur est pris ailleurs!*» (Salopard! Mais je suis sûre que c'est un mensonge. Il essaie de s'en tirer comme ça!)

«*Mon aimé d'au-delà la mer, pourquoi chercher à me faire du mal, je sais vos sentiments, je ne vous laisserai pas renier, je peux vous faire regretter beaucoup vous savez. Mais je préfère tout oublier, par l'amour de moi à vous, et vous à moi que je sais bien. Il n'y a pas des fausses promesses, n'est-ce pas? Vous avez fait comprendre votre sentiment, n'ayez pas peur maintenant. J'ai vos paroles dans mon cœur. Jamais je n'oublierai.*»

Je ne vous laisserai pas... je peux vous faire regretter... Mélanie voit la haine monter, s'aviver l'absurde blessure qu'elle s'inflige, s'exacerber cette passion hallucinée. Et ce malheureux Fergus qui ne veut pas lui faire de la peine, qui tente de la consoler ! Il cherche quoi ? À se faire tuer ? C'est bien la peine d'être analyste !

Il a dû prendre peur, faire des concessions, pour que le dernier message de Mélanie, celui qu'il n'avait pas encore lu, soit si peu revendiquant. À part ce « Quand viendrez-vous me réchauffer ? », plutôt en retrait par rapport aux plaintes amères qui précèdent. Que lui avait-il dit ? Ah ! Voilà.

« *Mélanie, chère Mélanie.* (Chère, de nouveau ! Qu'est-ce que je disais ?) *Je ne veux en aucune façon vous blesser. Nous ne nous verrons sans doute jamais, je veux dire certainement jamais, mais sachez, soyez assurée, que j'ai pour vous une profonde affection.* »

Pauvre cher idiot ! Il faut intervenir, casser ce cycle infernal qui s'est mis en route, s'il en est encore temps. Quel est le dernier message ? Où en sont les choses ?

Elle allume l'ordinateur, se branche sur Internet, et entre dans la boîte aux lettres de Fergus.

« *Mon amant de Paris. Pourquoi ce long silence* ? (Ah ! Il essaie de prendre de la distance ! C'est bien. Mais elle ne renoncera pas comme ça.) *Ainsi vous comme tous les hommes ? Loin des yeux loin du cœur comme on dit chez vous ? Mais cela je ne crois pas. Car sinon c'est terrible, pour moi, mais pour vous aussi. Mais je vais avoir votre message, je suis sûre, vous êtes pour toujours mon amant aimé jusqu'à la mort. So long!*»

Mélanie réfléchit longuement. Il y a, dans ce déferlement passionnel, quelque chose qui la gêne, sans qu'elle parvienne à se le formuler clairement. Sa rage à l'égard de «Mélanie-l'autre» est peu à peu tombée, elle éprouve même à son égard une sorte de pitié. Pour une bonne part, nourrie de la satisfaction de voir ses avances repoussées, sinon dédaignées, évidemment, mais pas seulement. Elle a aussi... oui! presque de l'amitié pour elle. Est-ce l'identité de leurs prénoms? La résonance en elle de ce drame d'une féminité blessée, criant son désir et sa plainte? Même si l'aveuglement, l'exigence féroce, la haine même qu'elle voit à l'œuvre chez l'autre Mélanie sont bien étrangers à ses propres modes de pensée et de réaction. Pour elle, ce serait plutôt la tristesse, l'accablement silencieux qui la guetteraient en de telles circonstances. L'affaissement dépressif, qu'elle ne connaît que trop, dans ces soirs de solitude où le seul recours, jamais suffisant, est le réfrigérateur, le chocolat, les gâteaux, le lait. Et la voix de Fergus au téléphone.

Non, les deux Mélanie n'ont pas grand-chose en commun. Sauf... Fergus. Mais est-ce le même Fergus? Le Fergus de l'autre, elle le sent bien, est un objet férocement tenu, dans la main, sous la griffe, possédé. Qu'il s'échappe est inconcevable. « Jusqu'à la mort », elle l'a écrit. Elle le tuerait plutôt que de le perdre. Alors que son Fergus à elle...

Elle se renverse dans son fauteuil, ferme les yeux. Son Fergus à elle, c'est de la douceur, cette voix qui la nourrit, des bras qui la tiennent et l'enserrent. Et, si elle laisse courir sa rêverie, ce qu'elle n'ose que bien rarement, ce sont des mains sur sa peau, sur ses seins. Elle n'a jamais évoqué son sexe, elle ne le fera pas davantage ce soir, mais il y a une chaleur dans son ventre qui peut naître alors, qui pourrait accueillir...

Elle ouvre brusquement les yeux, se redresse, se reprend, se secoue littéralement. Il ne faut pas qu'elle se laisse aller à ce genre de rêverie, c'est... dangereux. Elle souffre trop ensuite au réveil. Et d'abord, comment pourrait-elle en parler ?

Mais dans le même mouvement, elle vient de comprendre ce qui la gêne dans les paroles de l'autre Mélanie. Il n'y a pas de corps ! À part peut-être cet appel à être « réchauffée » ? Mais c'est bien le seul indice de sensualité dans tous ses messages, et, paradoxalement, il sonne « froid ». Tout comme les « bel amant aimé du bout du monde » et autres formules de la même eau, froide. Pas de caresses, de l'emprise. Pas d'amour, de la rage. Pas de sexe ! Elle doit, au fond, en avoir très peur.

À la rigueur, pense-t-elle sans plaisir, il y en aurait davantage chez Fergus, dans ses réponses embarrassées, dans la douceur attentive de ses essais pour se dégager sans la blesser.

Elle sait maintenant exactement ce qu'elle va faire.

★

Elle a coupé, puis collé bout à bout tous les messages de Fergus. Cela fait un texte bien curieux, à lire ainsi enchaîné, une sorte de fuite craintive, à reculons, devant un danger invisible et tenace. Elle sourit, lance «rechercher les occurrences». L'ordinateur lui fournit immédiatement les cinq mots qui reviennent le plus fréquemment, ainsi que leurs éventuelles déclinaisons. Elle élimine les pronoms, les conjonctions. Il reste : blesser, tromper (trompiez, trompez...), comprendre (comprenez, comprenons...), cœur (de tout mon..., selon mon...), penser (je pense, vous pensez, ne pensez surtout pas...).

Elle prépare maintenant un programme. Oh ! Très simple, un jeu d'enfant à côté des constructions dont elle a l'expérience. Tout programme, en informatique, fonctionne sur quelques opérations logiques simples, dont la plus fréquente est : si [ceci], alors [cela]. Si tel ensemble de signaux binaires, alors tel autre. Si [0100110], alors [00101001]. Une fois établi, un tel programme gérera toutes les informations selon ce code, il fonctionnera exactement comme un ensemble d'aiguillages dérive tout train qui se présente sur telle et telle voie, et ferme toute autre. Allons-y !

Si « blesser », alors... « baiser ».
Si « tromper », alors... « caresser ».
Si « comprendre », alors... elle hésite un peu, allez ! « masturber ».
Si « cœur », alors... disons... « fesses ».
Si « penser », alors... « jouir ».

Elle avait bien d'autres mots en tête, bien plus crus, des mots qu'elle n'emploie jamais et qu'elle s'étonne même de connaître, mais cela suffit bien ainsi, elle en a déjà le rouge au front et une légère sueur qu'elle essuie fébrilement sur sa lèvre supérieure.

Un tel programme, qui distord toutes les communications à l'intérieur d'un système où il est introduit, s'appelle un virus. Elle va inoculer un virus dans l'ordinateur de Fergus, pour le guérir et guérir l'autre Mélanie de cette maladie qui les accable. Elle n'a plus qu'une touche à enfoncer, sur laquelle elle tient suspendu son doigt. Comme le pouce sur le piston d'une seringue, pense-t-elle, quand l'aiguille est déjà dans la veine.

Elle appuie.

⋆

Fergus est très inquiet. Il ne comprend rien à ce qui se passe dans l'analyse de Mélanie Starkiss. La longue période de repli silencieux et crispé a brusquement fait place à une sorte d'explosion maniaque, il ose à peine penser : délirante. Elle a décidé de tout lui dire, a-t-elle proclamé. Mais il ne comprend strictement rien à ses paroles.

Il s'accroche à certains mots qui reviennent, et qui suggèrent un trouble de l'identité, peut-être même une dépersonnalisation. Elle parle de « l'autre Mélanie », comme d'une sorte de jumelle dont il devrait se garder. Un double d'elle-même, en somme, qui lui vouerait à lui, Fergus, un amour féroce, dévorant. Elle semble l'avertir du danger qu'il y aurait à lui adresser quelque parole que ce soit : toutes seraient interprétées comme des signes d'encouragement. Il n'a jamais vu ni entendu parler de cela : une forme de dédoublement, où l'une des parties désignerait l'autre comme une dangereuse érotomane ! Ça n'a aucun sens !

Elle dit qu'il a bien meilleure mine maintenant, et que c'est à elle qu'il le doit. Elle l'a guéri, elle l'a libéré de « l'autre Mélanie ». Comment ? S'il comprend bien, en lui injectant un virus. Cela, c'est franchement alarmant : le délire touche directement à des images de corps, le mauvais objet, le virus, est projeté à l'extérieur, et introduit dans le corps de l'autre, où il s'inverse en bon objet guérisseur, c'est un peu compliqué mais justement il y a une notion qu'il n'a jamais vraiment comprise, et dans laquelle on peut ranger ce genre de sac de nœuds, c'est : « identification projective ». Voilà ! Elle fait de l'identification projective. Puissance du verbe ! Il se sent un peu soulagé.

Et, puisque les étiquettes sont rassurantes, pourquoi ne pas accepter le mot qui s'impose : paranoïa ? Ainsi, l'accent qu'elle met sur la communication, et même l'influence, néfaste, à distance : c'est typique ! On y trouve presque toujours, comme vecteur des intentions maléfiques, la radio, la télévision, des ondes magnétiques ou autres. Chez elle — mais faut-il s'en étonner, si l'on pense que c'est son univers professionnel familier ? —, chez elle c'est « Internet ». Sans doute ce nouveau « média », comme on dit alors qu'on devrait dire « médium », tiens mais justement nous y voilà, l'influence spirite parbleu !, oui, ce nouveau médium va détrôner les classiques. Il a tout pour lui : anonyme, planétaire, elle l'appelle aussi la « toile », et qui dit toile dit araignée, et mort qui guette.

La mort. Elle revient aussi, de façon préoccupante, dans ses propos. Elle « veut sa vie jusqu'à la mort », voilà ce qu'elle veut, l'autre Mélanie. Pourrait-elle passer à l'acte ? On a déjà vu des choses comme ça.

Il y a aussi un autre thème récurrent. Moins violent, mais tout aussi obscur. Elle lui parle d'opérations boursières, lui donne des conseils, le met en garde. Dernièrement, elle lui a suggéré de vendre ses « China Europ Fund », compte tenu de l'instabilité asiatique actuelle, et de plutôt chercher une « stratégie long terme ». Cela doit de quelque façon parler de l'analyse, mais il ne parvient pas à s'en construire une image plausible. En tout cas, cette partie du discours est, au moins apparemment, beaucoup plus cohérente, « sensée », que l'autre. Sans doute ce que les Anciens appelaient « folie raisonnante ».

Il lui faut pourtant bien constater une chose, et ce n'est pas le moins déroutant dans toute cette affaire. Mélanie Starkiss « va bien ». Une telle assertion peut sembler absurde, au regard de toutes ces formations délirantes, mais il y a là une sorte d'évidence incompréhensible. Non seulement elle le dit, mais cela transparaît dans la gaieté de ses propos, la libre association qui fait jouer les mots, la fait passer de « blesser » à « baiser » (elle si prude jusque-là !) par simple assonance, ou même, incroyable ! entendre « jouir » là où il est question de « penser » : elle ne se contente pas de l'agir, elle sent, elle comprend et elle dit ce qui se produit en elle : l'érotisation de la pensée !

C'est probablement ce clivage brusquement instauré, entre Mélanie-l'une et Mélanie-l'autre, qui l'a ainsi libérée. Qui permet à la partie saine de sa personnalité (autre notion qui lui a toujours semblé, ou trop simpliste, ou très obscure, mais dont faute de mieux il se sert à l'occasion), à son moi-sain (beurk !) de penser l'autre partie, d'entendre sa folie. Il y a là matière à réflexion théorique. Et peut-être une voie de dégagement pour l'analyse ?

*

Oui, Mélanie Starkiss va bien. Elle s'amuse, même. Et il lui vient une idée... qui la met en joie, et en même temps l'inquiète un peu tant elle la trouve audacieuse. Elle hésite un moment, et puis... tant pis ! Elle a suffisamment rendu service à Fergus : il est logique de penser qu'en cette occasion l'habituel rapport économique doive être inversé. C'est à lui, cette fois, de payer pour le soin qu'elle a pris de lui. Oh ! Elle ne demandera — ne prendra plutôt — pas énormément : disons...

Elle évalue le temps qu'elle a passé à son ordinateur, la technicité dont elle a usé. Le prix d'un virus, en somme. Allez ! Disons dix séances.

Elle allume l'ordinateur, entre dans la comptabilité de Fergus. (Ah oui ! elle ne lui a pas suffisamment dit de se protéger par de simples mots de passe, il faut qu'elle y pense demain. Encore que...)

Elle ordonne un virement sur le compte postal de Mélanie Starkiss, 7622-18D Paris. On verra bien s'il lui en parle !

Elle éteint l'ordinateur et s'étire avec un soupir d'aise. Ce soir, elle va sortir en ville. Peut-être un cinéma ? On reprend *La Grande Illusion* au cinéma d'art et d'essai du coin de la rue.

★

Dans un quartier chic de Neuilly, au troisième étage d'un petit immeuble de luxe, une grande baie vitrée donnant sur le balcon reste allumée malgré l'heure tardive. À l'intérieur, assis devant l'écran de son ordinateur, Michael Ferguson tire pensivement sur sa pipe. Il ne comprend rien à ce qui se passe, ces derniers temps. Les messages envoyés à *mich.fergus@wanadoo.fr* (il a écourté son nom, dans l'adresse électronique, comme il est de coutume sur Internet) sont totalement incohérents. On dirait que ses correspondants deviennent fous.

Il n'y a pas que des inconvénients à cela, il doit le reconnaître. Ainsi, cette pauvre Mélanie de Chicago a viré définitivement folle, et du même coup a cessé de faire son siège. Il ne savait comment lui faire comprendre qu'elle se trompait, qu'il n'avait jamais eu l'intention d'engager une liaison ni même un flirt avec elle, elle ne voulait rien entendre. Ou plutôt, elle ne voulait entendre que cela.

Michael Ferguson est un homme tranquille. Il est marié depuis trente ans, s'occupe des finances d'une grande entreprise et, parti de rien, s'est constitué une petite fortune en jouant habilement à la Bourse. Il a rencontré Mélanie à Chicago lors d'un congrès, noué avec elle une relation amicale. Ils étaient tous deux passionnés d'Internet, et étaient convenus de correspondre par ce moyen. L'a-t-il de quelque manière, sans le vouloir, encouragée à croire qu'il éprouvait pour elle des sentiments... amoureux? Il se l'est souvent demandé.

Il aurait sans doute dû arrêter depuis longtemps, ne plus répondre à ses messages de plus en plus insensés, mais il craignait de la blesser. Qu'elle puisse croire qu'il la dédaignait. C'est un homme d'une grande sensibilité.

Et puis, heureusement, il y a eu cet incompréhensible et brutal revirement Elle s'est brusquement mise à l'insulter; à l'accuser de la couvrir d'obscénités, lui qui s'interdit tout écart de langage, et, étonnant paradoxe, tout en employant elle-même des mots incroyables : dans son dernier message, elle lui dit qu'elle le croyait un homme de fesses, qu'elle ne le masturbe plus, qu'il l'a profondément baisée et qu'elle ne veut plus jamais avoir affaire à lui. Bon! Ouf! Même s'il n'y comprend rien.

Mais il y a plus inquiétant. Son agent de change lui dit (lui aussi!) qu'il hésite à obéir à ses derniers ordres, qu'il jouit qu'il s'agit de vendre de l'asiatique, ce qui est bien normal en ce moment, mais que toutes ces facéties (c'est moi, les facéties?) risquent de le faire se caresser. Il va lui téléphoner pour en avoir les fesses nettes. Ce type devient fou, il faut le quitter en douceur. Sinon son patrimoine va en prendre un coup.

Deux en un

Balthazar, en chemise et caleçon, contemplait le tiroir à chaussettes. Après un long moment de réflexion, il les prit une à une, les examinant soigneusement, puis les disposant sur le bord du tiroir. Parvenu à la fin de cet exercice, il hocha la tête, satisfait. L'expérience était cette fois encore concluante : elles étaient toutes différentes. Pas une seule paire de chaussettes semblables. Il y avait bien quatre ou cinq grises, quatre pour être précis, mais l'une en laine, l'autre en fil, la troisième à torsades et la dernière à côtes. Et il en allait de même des rouges, des noires et des bleues. Balthazar avait bien là une vingtaine de chaussettes, .nais pas une seule paire convenable à se mettre !

Tout autre que lui en eût sans doute éprouvé de l'humeur. Mais Balthazar était un homme calme, pondéré, et il jouissait surtout d'une exceptionnelle disposition de l'esprit : toute expérience, fût-elle la plus triviale, lui était source de méditation. Pas une contemplation passive, comme on aurait pu le croire en le voyant immobile devant le tiroir à chaussettes. Non ! Une active réflexion devant les désordres du monde, qui étaient fort nombreux, une propension naturelle à s'interroger sans s'indigner, et une compulsion calme, mais irrépressible, à élaborer les explications, voire les théories, aptes à rendre compte de ces phénomènes a priori déroutants. Il avait une âme de chercheur, et de la meilleure eau.

Son esprit méthodique commença par nommer le problème. Cette étape initiale est plus importante qu'on ne l'imagine, et délicate aussi : destinée, telle l'inscription qu'on porte sur un nouveau dossier, à classer précisément et sans confusion les faits et les idées afférents à un domaine de recherche, et à le distinguer clairement de tout autre, elle ne doit en aucun cas anticiper sur la réflexion à venir, mais coller aux faits bruts. Ce serait donc le problème des « chaussettes dépareillées ».

On pourrait penser qu'une disposition d'esprit aussi méthodiquement scientifique exclut toute fantaisie. Ce serait méconnaître la véritable nature du chercheur. La discipline qui consiste à nommer, classer, ordonner les faits — nécessaire distance et maîtrise de l'esprit sur les choses —, n'est requise que pour permettre l'exercice de son paradoxal corollaire : l'immersion du chercheur dans le champ de sa recherche. Descendre jusqu'à l'âme des choses, s'identifier à elles, à chacune d'elles, et ressentir leur état et les mouvements qui les animent, se laisser prendre dans leurs conflits, vivre avec elles leurs aventures, telle est la véritable passion scientifique. Sans cette capacité, point de véritable création. Einstein n'eût certainement pas découvert la théorie de la relativité s'il n'avait su auparavant se faire grain de matière, ressentir l'énergie, voyager avec le photon à la vitesse de la lumière et, tremblant de sa propre audace, laisser croître sa masse jusqu'aux approches de l'infini. Les chercheurs sont de grands aventuriers, et ils reviennent de leurs lointaines expéditions avec des théories, et cet air un peu égaré qui les caractérise.

Ainsi Balthazar, pour le moment, était-il chaussette. L'une d'elles en particulier, choisie pour d'obscures raisons : une chaussette bordeaux en laine mélangée. Une part de son esprit dominait la situation, veillait sur l'ensemble que constituaient le tiroir à chaussettes et lui-même, Balthazar, qui l'explorait. Et une autre part était chaussette bordeaux en laine mélangée, éprouvait sa singularité, sa texture, épousait son identité. Ressentait sa solitude au milieu de la foule de ses congénères disparates, pleurait la compagne disparue. Essayait d'imaginer ce qu'elle avait pu devenir, et à qui demander de ses nouvelles. Espérait qu'il existât quelque part un Service des Chaussettes Disparues, mais ne savait à qui s'adresser. Se laissait aller au chagrin, se reprenait, décidait d'aller à sa recherche, s'équipait dans cette intention, cartes, boussole et équipement de pluie, se demandait par où commencer, se trouvait dérisoire, ne se décourageait pas pour autant. Et rêvait aussi, essayait d'évoquer le visage de la disparue, déplorait que le souvenir, déjà, s'en effaçât, que ses traits s'estompassent, et en éprouvait remords et chagrin.

Arrivé à ce point de sa méditation, Balthazar se reprit, décida de s'en tenir pour l'instant à cette première étape. La recherche est une longue quête, et il convient de se ménager, de savoir se contenter d'acquis provisoires. Ainsi l'explorateur, à la tombée du jour, dispose son bivouac, allume son feu et sa pipe, et dans la nuit qui peu à peu l'entoure et se peuple de cris d'animaux inconnus, à demi vigilant, à demi endormi, revoit les paysages traversés et rêve son voyage. Ainsi Balthazar, l'esprit un peu flottant comme chaque fois qu'il revenait de ce genre d'exercice, entreprit d'achever de se vêtir dans le dessein de sortir prendre l'air. Il saisit la chaussette bordeaux en laine mélangée, la contempla une dernière fois avec une sorte de tendresse avant de l'enfiler au pied droit, lui chercha une fausse jumelle, qu'il choisit marron, une couleur qu'il n'aimait guère, mais qui pouvait, à la rigueur, s'apparier au bordeaux, enfila pantalon, chaussures et veste et, après un dernier regard au tiroir avant de le refermer, puis à ses pieds pour constater qu'entre pantalon et chaussures et à condition de rester debout on ne percevait pas la navrante disparité, il quitta la penderie.

Sur le seuil de la porte de l'immeuble, il trouva que l'air était frais, et hésita un instant. Remonter les trois étages, pour enfiler son manteau ? Le printemps était encore hésitant, le vent léger avait une pointe d'acidité. Pas désagréable, finalement, décida-t-il, et propice à l'exercice éveillé d'un esprit ambulatoire. Il s'engagea résolument sur le trottoir, en direction du grand boulevard où il aimait souvent flâner.

⋆

Habituellement, Balthazar savait parfaitement gérer son activité mentale, quitter pour un temps un centre d'intérêt, penser à tout autre chose, et y revenir sans en avoir rien oublié, l'esprit au contraire plus aiguisé et plus clair de s'être accordé cette vacance. Mais il n'en allait pas de même aujourd'hui. Était-ce le fait qu'il portait au pied droit la chaussette bordeaux en laine mélangée, et que celle-ci en profitait pour se rappeler à son attention ? Le problème insistait, et il dut bientôt s'apercevoir que, de façon tout à fait involontaire, il considérait tout individu croisé sur le trottoir comme un élément solitaire d'une paire désunie. Cela se fit insidieusement, sans qu'il en prît d'abord conscience : de lui-même, son esprit méthodique poursuivait la recherche commencée devant le tiroir à chaussettes, et il ne s'en aperçut qu'à l'inexplicable et vif soulagement qu'il éprouva soudain devant un couple de jumeaux qu'une femme — elle-même hélas unique — promenait dans une poussette double.

Il s'arrêta et considéra la perspective du boulevard qui fuyait devant lui, très loin, plongeant au cœur de la grande ville. Les toits de zinc, tout là-bas, se confondaient et brillaient dans la lumière printanière ; l'alignée des arbres les doublait, un peu plus bas, d'une coulée grise baignée d'un lavis de vert tendre : déjà les bourgeons éclataient ; et plus bas encore, sur les trottoirs, et jusqu'à cette limite où ils n'étaient plus qu'un agrégat confus de minuscules points noirs, les passants, les humains, tous uniques, tous dépareillés (si l'on exceptait quelques jumeaux statistiquement improbables). Pas plus que devant le tiroir à chaussettes, la question ne pouvait être éludée : qu'était devenu *l'autre* de chacun d'eux ? Où était passée la moitié manquante de la communauté humaine ?

Planté au milieu du trottoir, le regard perdu dans les profondeurs de la ville et de ce mystère, Balthazar rêvait activement. Une exclamation le ramena à la proche réalité : un couple, planté à quelques mètres de lui, le dévisageait en souriant. Il y avait de la tendresse dans ces sourires, mais ce qui d'emblée saisit Balthazar qui décidément ne parvenait pas à décrocher du problème auquel il s'était attelé, c'est qu'ils étaient eux aussi, ces sourires, dépareillés. Chez l'homme, grand, aux cheveux grisonnants, vêtu d'un Burberry et s'appuyant sur son parapluie dans une pose étudiée, il était teinté d'une certaine condescendance affectueuse. Chez la femme, petite et boulotte, en manteau et toque d'astrakan noir, il témoignait d'une légère inquiétude, non moins affectueuse. Ce n'est qu'après avoir noté ces nuances que Balthazar, ayant enfin accommodé son regard et surtout son esprit à la distance adéquate, reconnut ses parents.

Il ne lui fallut qu'un très court instant pour se souvenir que cette visite était prévue, qu'il avait été convenu d'un déjeuner familial au restaurant, et que c'était même la raison pour laquelle, tout à l'heure, il s'habillait, avant que le problème des chaussettes dépareillées ne la lui fît oublier. Comme il avait l'esprit vif (ce qui n'est en rien contradictoire avec sa capacité de rêverie), il sourit immédiatement et largement en s'élançant vers eux, d'un air ravi :

— Papa ! Maman ! Je vous guettais ! s'exclama-t-il sans la moindre mauvaise conscience.

Il embrassa sa mère qui lui témoigna, comme toujours, son amour en appuyant longuement et ostensiblement chacun des trois rituels baisers qu'ils échangèrent. Il se prêta sans impatience à cette démonstration maternelle, puis se tourna vers son père qui contemplait la scène sans se départir de son sourire légèrement ironique, et alla quérir une joue qui ne faisait pas le moindre mouvement pour se porter à sa rencontre et esquissa même un léger retrait lorsque les lèvres de Balthazar vinrent à son contact. Comme d'habitude, pensa ce dernier, qui avait en son temps élaboré là-dessus une théorie qui rejoignait les réflexions de Schopenhauer sur les relations complexes entre porcs-épics.

Entre l'humide expansion maternelle et la sèche réserve paternelle, Balthazar avait dès la plus tendre enfance cultivé un jardin très personnel, à l'abri des invasions comme des déceptions, dispositif qui n'était pas pour rien dans ses capacités de rêverie. Le mensonge était un des outils les plus efficaces de ce dispositif de protection, et il le maniait avec la plus grande aisance et sans le moindre remords.

— J'étais au désespoir, enchaîna-t-il en revenant de l'expédition vers la joue paternelle. Figurez-vous que je viens de recevoir un coup de téléphone, une réunion urgente à l'université, un problème de crédits de recherche refusés par le ministère, impossible d'y couper. Je n'aurai même pas le temps de déjeuner. Et je ne savais comment vous prévenir !

En cette seule et simple phrase, on appréciera la promptitude d'esprit de Balthazar : ses fonctions universitaires étaient le seul domaine qui en imposât quelque peu à son père. Qu'il dût se priver de déjeuner ne pouvait qu'émouvoir sa mère. Seul le « Figurez-vous... » lui avait échappé. Il sentait quelque peu l'artifice, et Balthazar se promit d'y veiller à l'avenir.

Il vérifia sur les visages parentaux l'effet escompté, et put constater qu'il correspondait à ses prévisions. Sa mère s'inquiéta de ces repas manqués, et l'exhorta à prendre soin de sa santé. Se nourrir correctement et surtout régulièrement était essentiel, dit-elle, il n'y prenait pas suffisamment garde et il avait une petite mine ! Il ne protesta que mollement : sans une dose raisonnable d'inquiétude, sa mère eût été désemparée et, depuis toujours, Balthazar, qui était un fils attentionné, veillait à fournir ce minimum d'aliments nécessaire à la pensée maternelle. En quoi l'on voit que l'oralité était la caractéristique essentielle de la relation entre la mère et le fils.

Avec son père, il s'agissait d'un autre registre. Balthazar eut droit à des considérations, très attendues, sur l'argent-nerf-de-la-guerre, et la nécessité de se battre dans la vie si l'on veut obtenir quelque chose. Il réprima une phrase préparée en vue de ce déjeuner et oubliée avec lui, un : « À propos, pourriez-vous m'avancer trois mille francs jusqu'à la fin du mois ? » qui n'était décemment plus de mise, et se contenta de rassurer son père quant à sa détermination. Puis il consulta sa montre avec une évidente inquiétude, assura qu'il téléphonerait dès le lendemain afin qu'on pût remettre ce déjeuner, renouvela l'expression de ses vifs regrets, se livra derechef à l'exercice des baisers filiaux, et réussit un départ qui alliait à la perfection la douleur de les quitter et l'urgente nécessité de devoir néanmoins s'y résoudre.

Après une cinquantaine de mètres d'une marche précipitée, il tourna prudemment la tête. Là-bas sur le boulevard, ses parents repartaient en sens inverse, sa mère donnant le bras à son père. Il considéra attentivement leurs silhouettes si dissemblables. L'indéniable tendresse qu'il éprouvait à leur égard n'excluait en rien l'acuité de l'esprit du chercheur. Le couple parental lui apparut comme le prototype de cette disparité qui l'occupait en cette fin de matinée. Ils étaient *dépareillés*, voilà le mot exact qui donnait forme à une très ancienne sensation.

Il abaissa le regard vers ses pieds, remonta légèrement ses jambes de pantalon, et considéra ses chaussettes, la bordeaux en laine mélangée et la marron en fil d'écosse, puis releva les yeux et regarda ses parents au loin, revint à ses pieds...

Un rire cristallin le fit sortir de sa méditation. Une très jolie jeune femme le regardait planté là au milieu du trottoir, examinant ses chaussettes disparates, et ne cachait pas son hilarité à ce spectacle. Il reconnut une chargée de cours à laquelle, sur la recommandation de son directeur de thèse — « une jeune personne de grand avenir, une future collègue assurément, et très agréable de surcroît» —, il avait confié depuis le début de l'année la responsabilité d'un séminaire de travaux pratiques. Il rougit légèrement, laissa retomber ses pantalons sur ses chaussures, et lui tendit la main.

— Vous ne me croirez pas, dit-il. J'étais aux prises avec un problème scientifique de la plus haute importance !

Il s'étonna lui-même de sa spontanéité : il n'avait pas coutume de partager ses rêveries avec quiconque.

— Scientifique, ou vestimentaire ? s'enquit la jeune femme en riant de nouveau et en montrant les pieds de Balthazar.

— Scientifique *et* vestimentaire. Écoutez, il est midi, voulez-vous déjeuner avec moi ? Je vous expliquerai.

Il ne s'était jamais connu tant d'audace.

— Scientifique, vestimentaire... et alimentaire ? fit la charmante et mutine personne.

— Parfaitement, dit Balthazar de son air le plus sérieux.

Elle consulta sa montre, hésita un peu.

— J'ai un séminaire à deux heures et demie, dit-elle. Pas très bien préparé, je vous l'avoue. Je voulais passer à la bibliothèque auparavant, me rafraîchir les idées sur ce sacré principe de réfutation de Popper, dont la logique m'échappe régulièrement.

— Ne cherchez pas, il n'y a aucune logique là-dedans. Venez plutôt déjeuner, je connais un petit restaurant sympathique juste à côté. Et si vous voulez, je vais vous expliquer en deux mots pourquoi Popper n'est qu'un idéologue fumeux.

Elle se laissa facilement convaincre. Tout en marchant à ses côtés et en commençant à démolir joyeusement l'épistémologie poppérienne, Balthazar se sentait envahi par des émotions très inhabituelles, une excitation qu'il réservait généralement à la passion scientifique. Cela n'allait pas sans troubler quelque peu sa démonstration.

— En fait, Popper est un grand obsessionnel, qui transforme ses doutes névrotiques en principes logiques. Il a une crainte maladive de l'évidence. Ainsi, si je vous dis...

Il s'arrêta, et considéra la jeune femme qui, trois pas plus loin, attendait la suite. La seule évidence qui lui vînt à l'esprit était qu'il la trouvait tout à fait charmante. Il chercha fébrilement un exemple, mais tout ce qui lui venait à l'esprit n'était que tête blonde et yeux bleus, taille fine et longues jambes libres sous la jupe légère, et cette adorable fossette au coin de sa bouche...

— ... si je vous dis... *(il faut absolument que je trouve quelque chose !)*... qu'il n'y a pas deux chaus... je veux dire, deux êtres humains rigoureusement semblables sur cette terre, aucune observation empirique *(où vais-je ?)* ne pourra jamais réfuter ce qui se présente pourtant comme une évidence, à savoir qu'il n'est personne au monde qui vous... qui lui... enfin, qui ressemble exactement... *(bon! je me lance!)* enfin, par exemple, vous! Vous êtes unique! Il est évident qu'il ne peut exister aucune femme aussi... qui ait votre... vos...

— Mes... ?

— Eh bien! Peut-être y a-t-il quelque part une femme qui a vos yeux bleus, de ce bleu profond et transparent à la fois qui évoque les nuits sévillanes, ou *(je vais me casser la figure, mais tant pis, j'y vais!)* une autre qui ait ce dessin si précis de votre lèvre supérieure, cette double inflexion si caractéristique, ce mouvement de vague *(sur lequel mon regard tangue et mon cœur ne cesse de chavirer, non, je ne peux quand même pas!)*, ou une autre encore dont la taille, dont l'épaule ou la hanche..., mais il ne saurait en exister une seule qui ait *à la fois* ces yeux, cette bouche, cette taille, ces... *(je continuerais bien!)*. Vous m'avez compris? Et chercher à réfuter cette évidence, c'est tout bonnement perdre du temps et reculer pour d'obscures raisons le moment de décider que vous êtes parfaitement unique!

— Vous êtes sûr... que c'est vraiment scientifique? demanda Christophine (son nom venait de revenir à Balthazar) qui avait ajouté à ses nombreuses singularités une légère rougeur aux pommettes.

— Je vous le certifie, assura Balthazar en se remettant en marche et entraînant Christophine par le bras. N'avez-vous pas faim?

— Si, dit-elle. Très faim

*

Balthazar, contrairement à ce que pourrait laisser penser la hardiesse des propos dont nous venons d'être témoins, n'avait que bien peu d'expérience en matière de femmes. Ce n'était pas vraiment par timidité, mais plutôt par défaut d'intérêt. Une amie de sa mère l'avait déniaisé un soir de 14 Juillet, à Deauville, alors qu'il venait d'avoir dix-huit ans. Il n'avait rien compris à ce qui lui était arrivé, et ce n'est que quatre ans plus tard que, poussé davantage par les scrupules du chercheur préoccupé d'avoir négligé un domaine d'expérience que par désir amoureux, il avait noué une liaison avec une timide agrégative de lettres classiques. L'expérience avait été plutôt agréable, paisible et douce, mais sans la moindre passion et sexuellement fort décevante. Des vacances les avaient séparés au bout de six mois, et d'un commun et tacite accord ils avaient repris l'un et l'autre leur vie solitaire et studieuse. C'était la première fois, depuis cet épisode qui remontait à plus de cinq ans, que Balthazar éprouvait un émoi du cœur et des sens. Disons-le en un mot : il désirait cette femme.

Le déjeuner fut animé, Balthazar se montra brillant. Le départ qu'il avait pris l'obligeait à toutes les hardiesses et, à son propre étonnement, il trouva sans se forcer ces mots, ces reparties, ces envolées légères et malicieuses où se faufile, se transmet et s'aiguise le désir, qui sont le propre des grands séducteurs. Le petit restaurant résonna souvent du rire cristallin de Christophine, qui se montra elle-même fort habile à ce jeu subtil et très féminin qui consiste à feindre l'innocence pour solliciter davantage d'audace, et s'en montrer apparemment confuse et évidemment ravie. Une bouteille d'excellent sancerre rouge fut achevée avant qu'on en vienne au dessert.

— Aimez-vous les profiteroles ? demanda Balthazar (qui avait depuis longtemps cessé de calculer mentalement la croissance de l'addition, après avoir vérifié qu'il avait bien sur lui son carnet de chèques). Ou préférez-vous la « Coupe aux deux parfums » ? Deux parfums... Trois avec le vôtre, qui fait rêver de sous-bois et de mousse... Pensez-vous qu'il puisse exister deux parfums semblables, dès lors que deux femmes différentes les portent ? À moins, ajouta-t-il rêveur, qu'elles ne soient jumelles...

Où l'on voit que, même dans le plus éhonté marivaudage, la question de la gémellité née devant le tiroir à chaussettes continuait à le travailler. La réponse de Christophine, énoncée d'une voix douce et rêveuse, frappa Balthazar de plein fouet. Elle fut à la fois le doigt du destin, la musique des anges et la flèche de Cupidon (s'il en était encore besoin).

— Oui, dit-elle, vous êtes très connaisseur !

Mon parfum est « Sous-Bois de Printemps », de chez Ornicar. Mais ce que vous dites, une autre femme, une jumelle... C'est curieux, j'ai cette idée un peu fantasque, depuis très longtemps, je crois que je le pensais déjà lorsque j'étais toute petite... Vous n'allez pas vous moquer de moi ? C'est une sorte de certitude : il existe quelque part dans ce monde une autre Christophine, exactement semblable à moi, une jumelle en somme. Et peut-être la rencontrerai-je un jour ? Ce serait merveilleux... ou peut-être terrible ? Je ne sais pas.

— Aaah..., fit Balthazar.

Il la fixait, bouche bée. Christophine ne s'en aperçut pas. Tout en parlant, de la pointe de son couteau elle rassemblait les miettes qui jonchaient la nappe, les regroupait en un petit tas qu'elle allongeait en dune, scindait, recomposait machinalement, et où elle semblait contempler un très ancien paysage.

— Je crois que je me souviens de la toute première fois où ça m'est arrivé. C'était dans la grotte.

— Dans la... ?

Elle leva brièvement les yeux sur lui et rit en voyant ses yeux ronds.

— Rassurez-vous, ce n'était pas à Lourdes ! Non, c'était en Bourgogne, dans la vieille maison de famille où nous habitions lorsque j'étais petite. Avant mes cinq ans, donc, puisque mes parents sont venus s'installer à Paris lorsque ma sœur est née. Ce qu'on appelait la grotte, c'était une sorte de cave à demi enterrée, dans le jardin, à une vingtaine de mètres de la maison. En fait, c'était une source, un creux dans le sol avec un petit bassin d'eau toujours claire, et qu'on avait protégée en bâtissant un abri en pierres percées. Vous savez, ces pierres calcaires qui ont des formes bizarres, pleines de trous, qu'on trouve dans les ruisseaux... C'était très ancien. Cela faisait comme un tumulus, couvert de terre et envahi par le lierre. Il y avait une entrée avec quelques marches pour descendre dans une salle ronde occupée presque entièrement par le bassin.

Le couteau arrondit la dune de miettes, y dessine une cavité qu'il caresse de la pointe, machinalement.

— On me retrouvait souvent là, quand j'étais petite. Il n'y avait pas de danger, l'eau était très peu profonde, mais il y faisait frais et ma mère craignait que je ne m'y enrhume. Pourtant j'y retournais sans cesse. C'était un endroit... d'un autre temps. Il y régnait un silence particulier, dense, immobile. J'aurais pu y rester des heures, je crois que je ne pensais à rien, j'étais là et j'attendais.

Elle reste un moment silencieuse, les yeux perdus dans le passé, et il voit la petite fille immobile dans la grotte. Il voudrait poser la main sur son bras nu qui repose sur la table, mais quelque chose le retient. Il faut la laisser seule.

— Un jour, il s'est passé quelque chose d'extraordinaire. J'étais là, devant le bassin, je regardais l'eau, il faisait sombre, comme d'habitude, et puis il y a eu la lumière. Peu à peu, une étrange lumière mouvante sur la paroi devant moi. Elle est devenue plus intense, elle semblait vivante, et surtout... il y avait une silhouette sombre, au milieu. Je ne distinguais pas ses traits, mais elle était très nette. C'était une petite fille comme moi, avec sa jupe en corolle et ses cheveux sur les épaules. Elle était immobile, entourée d'éclats brillants. Je ne sais pas combien de temps nous sommes restées ainsi, sans bouger, à quelques mètres l'une de l'autre. Je ne voyais pas ses yeux, mais j'étais sûre qu'elle me regardait. Et puis la lumière a baissé, doucement, et elle est devenue peu à peu moins distincte, elle s'est évanouie dans la pénombre. Depuis ce jour-là, c'est elle que j'attends...

— Et... elle est revenue?

— Quelquefois. C'est drôle, comme sont les enfants. Je crois que j'ai très vite compris que c'était le soleil qui, à la fin de l'après-midi, envahissait l'entrée de la grotte, se reflétait sur l'eau du bassin et illuminait la paroi du fond de cette lumière moirée. Et que c'est mon ombre qui se projetait ainsi. Je l'avais compris, puisque je revenais surtout après le goûter, à l'heure où cela pouvait se produire. Et que je ne bougeais pas, pas du tout, parce qu'un mouvement de moi m'aurait montré qu'elle n'était que mon ombre. Je le savais, et pourtant j'ai continué longtemps à venir dans la grotte, dans l'espoir de la revoir. Au fond, ce que je pensais n'était pas faux puisque j'étais certaine que c'était moi, mais moi il y a très longtemps, moi jadis, moi au temps de la grotte, parce que le temps de la grotte était un temps très ancien. Et même maintenant...

— Même maintenant... ?

Elle lève les yeux sur lui, le regarde.

— Vous allez me croire folle, n'est-ce pas ? Tant pis, je le dis quand même. Même maintenant, alors que je sais bien plus clairement de quoi il s'agissait, je suis sûre... que j'ai rencontré l'autre Christophine, celle qui vivait il y a des siècles. Je suis sûre qu'elle m'a vue, comme je la voyais. Et je suis sûre qu'elle avait la même peine que moi, quand elle disparaissait quand je disparaissais. Ah ! Je n'aurais peut-être pas dû vous raconter cela, je ne l'ai jamais dit à personne, vous êtes le premier à qui j'en parle... à part Métonyme. Vous me prenez pour une mystique un peu dérangée, n'est-ce pas ?

— Nooon ! fit Balthazar. Non non non pas du tout au contraire ! Ah ! Je vais vous dire... Mais... Qui est Métonyme ?

— Métonyme ? C'est mon psychanalyste.

— Vous faites une psychanalyse ?

Balthazar se remettait doucement de la divine surprise, et retardait délicieusement le moment de révéler à cette âme sœur ce qui les rapprochait secrètement.

— Mais oui ! Et même trois fois par semaine depuis plus de quatre ans. Décidément, vous saurez tout sur moi ! Mais cela n'a rien à voir avec la question. Quoique..., ajouta-t-elle un peu rêveuse.

— Je ne vous crois pas du tout... folle, comme vous dites. Au contraire ! Cette idée d'une autre Christophine, égarée quelque part dans le monde, dans le temps... Je ne pouvais pas savoir que vous... Vous ne pouviez pas savoir que je... Enfin, voilà !

Et Balthazar se mit en mesure de dévoiler à sa compagne la teneur de ses préoccupations scientifiques du moment. Il n'omit aucun détail, commença par les chaussettes, continua par cette évidence, qui l'avait saisi sur le boulevard, qu'il manquait une moitié de l'humanité, à l'exception de quelques rares jumeaux. Il fut question d'hypothèses spatiales, de mondes parallèles et d'antimatière, et d'hypothèses temporelles, d'une séparation des mêmes par leur occupation de ce monde en des temps différents. Cette dernière proposition venait en fait d'une idée fugitive qui l'avait traversé devant le tiroir à chaussettes : ne se pouvait-il que, par les hasards d'une distribution aléatoire, Julietta, la jeune femme portugaise qui s'occupait de son ménage, ne mît à laver chaque semaine qu'une chaussette de chaque paire et ne rapportât l'autre du séchoir ? Ce ne serait alors qu'une fois sur deux la même, dont il considérerait la présence solitaire et désolée dans le tiroir ?

Une seconde bouteille de sancerre rouge, strictement semblable à la première, mais consécutive et non simultanée, rejoignit sa jumelle et conforta l'hypothèse temporelle. Christophine admirait la puissance élaborative de cet esprit inventif et rigoureux. Elle se montra passionnée par le sujet, ajoutant de temps à autre une très pertinente réflexion, et sursauta lorsque le serveur s'excusa d'apporter l'addition, mais « il est trois heures et demie, Monsieur, et nous devons achever le service ! ».

— Mon Dieu ! J'ai complètement oublié mon cours de deux heures et demie à la fac !

Balthazar vit là une preuve irréfutable et réjouissante de l'intérêt que lui portait Christophine. Il sut trouver les mots qui apaisèrent sans trop de difficulté ses remords, et proposa de poursuivre, puisqu'il faisait un si beau temps de printemps, leur conversation au proche jardin du Luxembourg. Ce qu'ils firent incontinent.

*

Christophine silencieuse contemplait les moulures du plafond. Depuis plus de quatre ans, elles étaient le support de rêveries qu'elle ne songeait pas à communiquer à Métonyme assis tout aussi silencieux derrière elle. Cet alignement de petits globes quadrifoliés pouvait être selon les jours une théorie silencieuse de personnages rondouillards marchant vers leur destin, une série de tétons blanchâtres, une envolée d'angelots vus par leur face postérieure ou, comme aujourd'hui, une semée de pivoines en boutons.

— Oui ? fit Métonyme.

— Eh bien... je pensais... ah oui ! Je revoyais les fleurs du Luxembourg. Il est vraiment charmant. Balthazar, je veux dire. Drôle ! Fantaisiste, et sérieux à la fois. Et c'est quand même curieux, qu'il s'intéresse ainsi à...

— ... à Christophine II ?

C'était le nom par lequel, un jour, Christophine avait désigné son double imaginaire, et Métonyme ne manquait jamais de le reprendre lorsqu'il en était question, c'est-à-dire fréquemment.

— Ou-i... Non, mais non ! Vous déformez mes paroles ! C'est à moi qu'il s'intéresse, c'est clair ! Pourquoi dites-vous cela ? Vous êtes jaloux ?

En une telle occurrence, où surgissait la passion dans cette adresse évidemment transférentielle, Métonyme prenait habituellement soin de se taire. Quand il le pouvait, ce qui n'était pas toujours le cas. Ce ne le fut pas.

— Je pensais à ce que vous évoquiez tout à l'heure, cette légère et inexplicable tristesse malgré le charme de cet après-midi et de cette soirée passés avec lui.

Christophine avait parlé de l'après-midi, mais point de la soirée, elle n'avait en rien évoqué les suites de la promenade au Luxembourg. Où l'on voit que sa protestation avait valeur d'interprétation : Métonyme était bel et bien jaloux et cherchait sournoisement à savoir ce qui s'était passé. Il s'entendit et, comme il était aussi un bon analyste, il accepta de prendre cette idée en considération, de lui accorder une certaine réalité, de la penser comme indice d'un scénario où il tiendrait à son insu le rôle du délaissé.

— Vous parliez de la proposition émise par cet homme *(« cet homme... » ! Décidément, Métonyme n'aime pas Balthazar !)* et qui vous intéressait tant. Cette hypothèse selon laquelle les doubles sont décalés dans le temps, l'un apparaissant lorsque l'autre a disparu. Au fond, c'est de la succession des générations qu'il s'agit. Je suis jaloux de cet homme *(encore !)* qui vient après moi.

On remarquera l'ambiguïté de la formulation « je suis jaloux ». L'est-il selon elle, ou réellement ? Tout l'art et le métier, qu'il se reconnaît volontiers, sont dans cette finesse de l'énoncé. On notera également que cette intervention est fort longue et tranche avec son habituelle concision. Ne doit-on pas y voir l'indice d'un certain trouble ? Quoi qu'il en soit, Christophine n'est pas disposée à s'en laisser ainsi conter. Elle résiste, indéniablement.

— Je vous vois venir, dit-elle. Comment quitter papa pour un homme de sa propre génération, c'est ça ? Comment aimer sans tuer son père ? Ouais, c'est très « vulgate », ça !

Elle est fort agressive, pense Métonyme. L'agressivité, c'est ce qui permet de se séparer. Irions-nous vers la fin de cette analyse ?

— Et puis, poursuit Christophine, vous prétendez qu'il s'intéresse à Christophine II. Et vous seriez jaloux ! Ce serait donc Métonyme I qui jalouse Balthazar I parce qu'il a une histoire avec Christophine II. Et Christophine I, qu'est-ce qu'elle devient ? Comment ça se passe avec Balthazar II ? Est-ce que ce serait le problème de Métonyme II* ? Franchement, ça ressemble à une partie carrée... Pardon ! hexagonale, transgénérationnelle, qui tourne mal !

Cette diatribe prononcée avec une véhémence inaccoutumée est riche d'enseignements. On peut y percevoir toute la puissance d'une passion jusque-là insoupçonnée par l'intéressée elle-même, et que la contre-transférentielle maladresse de Métonyme a déchaînée. On subodore la complexité des liens obscurs, mais puissants, qui unissent Christophine I et Christophine II. On voit poindre la haine, dans cette perfidie : le « transgénérationnel » est un sujet de prédilection pour Métonyme, qui fait autorité en la matière et vient de publier un fort remarqué *Problématiques transgénérationnelles et Psychose infantile.*

* Oui, c'est bien son problème. NDLR.

Métonyme se sent débordé. Ses pensées, qu'il tente vainement de mettre en ordre, sombrent dans une irrépressible confusion. Comme un noyé qui, dans les tourbillons de la rivière en crue qui l'entraîne, se débat en silence (on portera au crédit un peu entamé du professionnalisme de Métonyme qu'il réussisse à se taire), il cherche une branche à laquelle se raccrocher. Car telle est la solitude de l'analyste : nul ne peut lui venir en aide, il ne doit compter que sur lui-même. On en conviendra : telle est aussi sa grandeur.

La branche qui se présente enfin n'est que d'un faible secours, mais permet au moins un répit. *Clivage!* Voilà le procédé défensif caractéristique chez Christophine : clivage du sujet, en Christophine I et Christophine II. Et clivage de l'objet, *des* objets : Balthazar I et II, et Métonyme I et II. Défensif contre quoi ? On verra plus tard.

Métonyme un peu soulagé saisit sans faire de bruit un bloc-notes et un crayon. Dans le silence épais qui a envahi la séance (car Christophine elle aussi se tait avec ostentation), il tente de figurer cette « partie hexagonale ». Entre les six petites croix qui représentent, affectées de C_1, C_2, B_1, B_2, M_1 et M_2, les six protagonistes, il trace des liens positifs ou négatifs qui, lorsque arrive la fin de la séance, représentent assez fidèlement, dans leur inextricable enchevêtrement, l'état psychique de Métonyme.

⋆

— Je n'y comprends rien, dit Christophine en appuyant la tête sur l'épaule de Balthazar.

Ils se sont retrouvés au Luxembourg, élu depuis les origines, qui remontent déjà à l'avant-veille, lieu privilégié et destiné à devenir mythique de leur amour printanier. Ils marchent doucement sous les marronniers, à distance égale des promenades à âne et des courts de tennis. Balthazar a posé son bras sur les épaules de Christophine, et Christophine enlace la taille de Balthazar. Ils ont accordé leurs pas, la hanche droite de Balthazar ne quitte pas la hanche gauche de Christophine, et cette convenance dans la houle de leur marche leur est somptueuse évidence : ils sont faits l'un pour l'autre, et nul autre couple n'a jamais pu et ne pourra jamais prétendre à une telle harmonie. Même dans un univers parallèle ?

— Je n'y comprends plus rien. Plusieurs fois il m'a dit qu'avec ma Christophine II je m'empêchais de vivre ma vie de Christophine tout court. Que c'est à ça que ça me servait, par crainte de... je ne sais pas, moi, ma sexualité peut-être... Oh ! ce n'est pas comme ça qu'il l'a dit, bien sûr, c'était plus... subtil, enfin... non, je suis injuste. Il reprenait des mots que j'avais dits mais pas entendus, et, en effet, c'est à ça que ça revenait. Bon ! Mais alors, pourquoi me renvoie-t-il maintenant à Christophine II, au moment même où je l'avais totalement oubliée ?

— Tu as une crainte... de ta sexualité ? Franchement...

Elle s'appuie sur lui plus tendrement encore (si c'est possible).

— Si ! C'était vrai... jusqu'à ces deux derniers jours. Tu sais ce que tu es ?

— Non ?

Elle s'échappe brusquement et court comme une gamine, le rouge aux joues.

— Attrape-moi !

Balthazar s'élance avec une pétulance qu'il ne s'était jamais connue et après quelques crochets autour des arbres la coince entre ses bras, contre le grillage d'un court de tennis. Elle lui tend ses lèvres et, quand il les effleure, murmure :

— Tu es... vraiment le premier.

Le choc d'une balle de tennis fait longuement résonner le grillage. Ils ne l'entendent pas ou alors le confondent avec les trompettes des anges, là-haut dans les nuages.

⋆

— Un café ?

— Volontiers, dit Métonyme.

Il se renverse dans son siège et regarde par la baie vitrée les arbres du Luxembourg qui se teintent de vert tendre. Son amie Analogue a bien de la chance d'habiter ici, de pouvoir depuis son fauteuil d'analyste laisser errer son regard dans les frondaisons. Est-ce que ça peut nuire à l'écoute? Non, décide-t-il. On ne voit point d'humains, à peine devine-t-on quelques silhouettes; comme ce couple là-bas qui s'enlace, et lorsque les feuilles ont vraiment poussé on ne doit plus voir qu'elles. Et les oiseaux.

Analogue se prénomme Albertine, mais déteste son prénom. Ses proches l'appellent AA, ou simplement Analogue. Elle revient de la cuisine avec deux tasses, pose celle de Métonyme à portée de main sur une table basse, et s'installe dans son fauteuil. Quelque chose le tourmente, pense-t-elle en le regardant à la dérobée par-dessus le bord de sa tasse. Il finira bien par y venir. Depuis plus de vingt ans, les deux amis ont coutume de se retrouver pour parler de tout, de politique aussi bien que de psychanalyse — leur commune activité —, et surtout de leurs collègues analystes, ou encore de fisc et d'impôts. Et, au détour d'une plaisanterie, de choses plus importantes. Une très ancienne complicité les unit, qui date d'une liaison de jeunesse qui n'a duré qu'un an, mais a fait place à une profonde affection.

— Tiens, au fait! fait Métonyme. (Aucun fait ne prépare à ce qui suit, il ne faut sans doute voir dans cette formule qu'une figure de rhétorique destinée à donner à la préoccupation de Métonyme l'allure d'une spontanéité légère et purement associative. À moins que... aurait-il perçu, sans le savoir, plus que ces indistinctes silhouettes dans le parc ?) Au fait ! As-tu déjà rencontré cela : une forme particulière de clivage, qui permet au sujet de s'inventer un clone, un autre lui-même vivant une autre vie, quelque part dans un univers parallèle ou dans un autre temps ?

— Tu me parles de croyance en la métempsycose ?

— Oui... Non... Pas exactement. Il ne s'agit pas de revivre dans un autre corps, mais d'exister en même temps. L'un ignorant l'autre, ou ne faisant que soupçonner sa présence.

— Exister en même temps ? Alors que tu viens de dire que ce peut être dans un autre temps ?

— Justement, tout est là ! Une co-existence, que ce soit dans l'espace ou dans le temps. À vingt siècles ou à vingt mille kilomètres de distance.

— Je vois, fait Analogue qui n'y voit rien, sinon que son ami lui semble singulièrement troublé. C'est vrai, c'est un curieux fantasme.

— Fantasme, fantasme, c'est vite dit !

— Mais tu viens de me parler de clivage ! C'est donc bien un fantasme, né de ce clivage, non ? Ou veux-tu me dire que tu y crois, toi aussi ?

— Non, non, bien sûr que non ! Quoique...

— Quoique quoi ? glapit Analogue fort inquiète.

— Eh bien... je ne le dirais à nul autre que toi, mais... ça me travaille. Cette petite Christophine — oui, c'est son nom, mais *strictly between us*, n'est-ce pas ! (formule rituelle entre eux, et promesse généralement tenue) —, cette petite est vraiment intéressante. Elle s'est inventé une sorte particulière de compagnon imaginaire dans son enfance, une autre elle-même, une Christophine II qui vivait il y a très longtemps. Le point de départ, c'est une expérience très troublante de la petite enfance, je te passe les détails, une sorte de phénomène optique, qu'elle décrit très bien comme illusion, elle n'est pas hallucinée ! Mais ça ne l'empêche pas de continuer à cultiver cette idée, d'un double d'elle-même dans le temps ou dans l'espace, un double qui vit là-bas tandis qu'elle végète ici. Enfin, j'exagère, elle n'est pas du genre à végéter, elle est même assez... gaie, pétulante, et... très jolie ! Mais il y a bel et bien, chez elle, une persistance de ce fantasme infantile.

— Très jolie, tiens donc ! Mais tu vois, tu parles toi-même de fantasme !

— Oui, oui... mais vois-tu... c'est bizarre, c'est comme si cela venait retrouver de vieilles pensées en moi. Je ne parviens pas à l'écouter froidement, il me semble qu'elle me dit quelque chose de moi... quelque chose que j'aurais oublié, et que je regrette...

Analogue s'est tournée vers la baie vitrée et regarde le parc du Luxembourg dont elle connaît tous les arbres Là-bas, près des courts de tennis, un couple marche enlacé. À cette distance, les silhouettes sont minuscules, et pourtant elle voit très bien comment leur marche s'accorde, comment ils vont tel un bateau qui roule un peu sur une houle très douce. Et elle a une vieille douleur à l'âme qui se réveille. « Le Luco »... C'est ainsi qu'ils appelaient le jardin du Luxembourg lorsqu'ils étaient étudiants, Métonyme et elle. Lorsqu'ils étaient en fonds, ils allaient déjeuner au Capoulade, puis traversaient la place et se promenaient longuement sous les arbres. Parfois, quand il faisait très beau, ils louaient des chaises — on les louait, à l'époque, chaises ou fauteuils, à une dame toujours revêche, elle l'avait oublié ! — et se doraient au soleil au bord du bassin.

Là-bas, dans le parc, la jeune femme s'est séparée de son compagnon, elle court et il la poursuit, elle s'arrête contre le grillage du court de tennis et lui fait face, bras écartés, il va la rejoindre...

Arrêt sur l'image. Elles se font face. Analogue se demande fugitivement si elle peut de quelque façon le sentir, la minuscule silhouette là-bas qui rit aux éclats — elle est certaine qu'elle rit — au soleil et à son homme. Et elle s'aperçoit qu'elle a, elle aussi, les bras largement écartés, les mains appuyées de chaque côté de la vitre, comme si elle embrassait le parc entier, ses arbres et ses oiseaux, ses petits enfants et ses amoureux. Elle se retourne et regarde Métonyme :

— Quelque chose que tu as oublié, et que tu regrettes ?

— Oui, dit-il en se levant de son fauteuil pour la rejoindre près de la baie vitrée. Une nostalgie. Et, tu sais bien (il rit, d'un petit rire bref qui lui est coutumier et qu'elle n'aime pas), comme toujours, sans doute : une nostalgie de ce qui n'a jamais existé !

Elle regarde de nouveau le parc. Le couple a disparu.

— Oui, dit-elle, qui n'a jamais existé...

— Il fait encore beau, dit Métonyme. Mais comme le soleil tourne vite ! Regarde comme les ombres s'allongent !

Il regarde sa montre.

— C'est vrai qu'il est déjà cinq heures et demie. J'ai un patient dans une demi-heure, juste le temps de rentrer.

⋆

Christophine est allongée sur le ventre, nue, et Balthazar laisse courir ses doigts le long de son dos.

— Tu as deux épaules, dit-il. Mais un seul dos !

Et sa main vérifie consciencieusement les données de l'expérience.

— Et deux... fesses. Et deux jambes.

Elle roule sur elle-même, lui fait face.

— Continue, dit-elle, n'oublie rien!

Et ils rient.

— Tu vérifies sur moi ta théorie des doubles? demande Christophine.

— Ma quoi? Ah! Quelle blague! Ce devait être pour te séduire.

— Taratata! Devant ton tiroir à chaussettes, tu ne me connaissais pas encore!

— Bien sûr que si! Mais je ne le savais pas, c'est tout! Et toi, Christophine II, alors?

— Christophine quoi?

DU MÊME AUTEUR

Aux Éditions Gallimard

LIBIDO OMNIBUS et autres nouvelles du divan, coll. L'Arpenteur, 1998 (Folio n° 3582).

MOI, MONDE, MOTS, coll. Connaissance de l'Inconscient, 1996.

INCERTITUDE D'ÉROS, coll. Connaissance de l'Inconscient, 1984.

COLLECTION FOLIO

Dernières parutions

3968. Dann Simmons — *Les Fosses d'Iverson.*
3969. Junichirô Tanizaki — *Le coupeur de roseaux.*
3970. Richard Wright — *L'homme qui vivait sous terre.*
3971. Vassilis Alexakis — *Les mots étrangers.*
3972. Antoine Audouard — *Une maison au bord du monde.*
3973. Michel Braudeau — *L'interprétation des singes.*
3974. Larry Brown — *Dur comme l'amour.*
3975. Jonathan Coe — *Une touche d'amour.*
3976. Philippe Delerm — *Les amoureux de l'Hôtel de Ville.*
3977. Hans Fallada — *Seul dans Berlin.*
3978. Franz-Olivier Giesbert — *Mort d'un berger.*
3979. Jens Christian Grøndahl — *Bruits du cœur.*
3980. Ludovic Roubaudi — *Les Baltringues.*
3981. Anne Wiazemski — *Sept garçons.*
3982. Michel Quint — *Effroyables jardins.*
3983. Joseph Conrad — *Victoire.*
3984. Émile Ajar — *Pseudo.*
3985. Olivier Bleys — *Le fantôme de la Tour Eiffel.*
3986. Alejo Carpentier — *La danse sacrale.*
3987. Milan Dargent — *Soupe à la tête de bouc.*
3988. André Dhôtel — *Le train du matin.*
3989. André Dhôtel — *Des trottoirs et des fleurs.*
3990. Philippe Labro/Olivier Barrot — *Lettres d'Amérique. Un voyage en littérature.*
3991. Pierre Péju — *La petite Chartreuse.*
3992. Pascal Quignard — *Albucius.*
3993. Dan Simmons — *Les larmes d'Icare.*
3994. Michel Tournier — *Journal extime.*
3995. Zoé Valdés — *Miracle à Miami.*
3996. Bossuet — *Oraisons funèbres.*
3997. Anonyme — *Jin Ping Mei I.*
3998. Anonyme — *Jin Ping Mei II.*
3999. Pierre Assouline — *Grâces lui soient rendues.*

4000.	Philippe Roth	*La tache.*
4001.	Frederick Busch	*L'inspecteur de nuit.*
4002.	Christophe Dufossé	*L'heure de la sortie.*
4003.	William Faulkner	*Le domaine.*
4004.	Sylvie Germain	*La Chanson des mal-aimants.*
4005.	Joanne Harris	*Les cinq quartiers de l'orange.*
4006.	Leslie kaplan	*Les Amants de Marie.*
4007.	Thierry Metz	*Le journal d'un manœuvre.*
4008.	Dominique Rolin	*Plaisirs.*
4009.	Jean-Marie Rouart	*Nous ne savons pas aimer.*
4010.	Samuel Butler	*Ainsi va toute chair.*
4011.	George Sand	*La petite Fadette.*
4012.	Jorge Amado	*Le Pays du Carnaval.*
4013.	Alessandro Baricco	*L'âme d'Hegel et les vaches du Wisconsin.*
4014.	La Bible	*Livre d'Isaïe.*
4015.	La Bible	*Paroles de Jérémie-Lamentations.*
4016.	La Bible	*Livre de Job.*
4017.	La Bible	*Livre d'Ezéchiel.*
4018.	Frank Conroy	*Corps et âme.*
4019.	Marc Dugain	*Heureux comme Dieu en France.*
4020.	Marie Ferranti	*La Princesse de Mantoue.*
4021.	Mario Vargas Llosa	*La fête au Bouc.*
4022.	Mario Vargas Llosa	*Histoire de Mayta.*
4023.	Daniel Evan Weiss	*Les cafards n'ont pas de roi.*
4024.	Elsa Morante	*La Storia.*
4025.	Emmanuèle Bernheim	*Stallone.*
4026.	Françoise Chandernagor	*La chambre.*
4027.	Philippe Djian	*Ça, c'est un baiser.*
4028.	Jérôme Garcin	*Théâtre intime.*
4029.	Valentine Goby	*La note sensible.*
4030.	Pierre Magnan	*L'enfant qui tuait le temps.*
4031.	Amos Oz	*Les deux morts de ma grand-mère.*
4032.	Amos Oz	*Une panthère dans la cave.*
4033.	Gisèle Pineau	*Chair Piment.*
4034.	Zeruya Shalev	*Mari et femme.*
4035.	Jules Verne	*La Chasse au météore.*
4036.	Jules Verne	*Le Phare du bout du Monde.*

4037. Gérard de Cortanze	*Jorge Semprun.*
4038. Léon Tolstoï	*Hadji Mourat.*
4039. Isaac Asimov	*Mortelle est la nuit.*
4040. Collectif	*Au bonheur de lire.*
4041. Roald Dahl	*Gelée royale.*
4042. Denis Diderot	*Lettre sur les Aveugles.*
4043. Yukio Mishima	*Martyre.*
4044. Elsa Morante	*Donna Amalia.*
4045. Ludmila Oulitskaïa	*La maison de Lialia.*
4046. Rabindranath Tagore	*La petite mariée.*
4047. Ivan Tourguéniev	*Clara Militch.*
4048. H.G. Wells	*Un rêve d'Armageddon.*
4049. Michka Assayas	*Exhibition.*
4050. Richard Bausch	*La saison des ténèbres.*
4051. Saul Bellow	*Ravelstein.*
4052. Jerome Charyn	*L'homme qui rajeunissait.*
4053. Catherine Cusset	*Confession d'une radine.*
4055. Thierry Jonquet	*La Vigie* (à paraître).
4056. Erika Krouse	*Passe me voir un de ces jours.*
4057. Philippe Le Guillou	*Les marées du Faou.*
4058. Frances Mayes	*Swan.*
4059. Joyce Carol Oates	*Nulle et Grande Gueule.*
4060. Edgar Allan Poe	*Histoires extraordinaires.*
4061. George Sand	*Lettres d'une vie.*
4062. Frédéric Beigbeder	*99 francs.*
4063. Balzac	*Les Chouans.*
4064. Bernardin de Saint Pierre	*Paul et Virginie.*
4065. Raphaël Confiant	*Nuée ardente.*
4066. Florence Delay	*Dit Nerval.*
4067. Jean Rolin	*La clôture.*
4068. Philippe Claudel	*Les petites mécaniques.*
4069. Eduardo Barrios	*L'enfant qui devint fou d'amour.*
4070. Neil Bissoondath	*Un baume pour le cœur.*
4071. Jonahan Coe	*Bienvenue au club.*
4072. Toni Davidson	*Cicatrices.*
4073. Philippe Delerm	*Le buveur de temps.*
4074. Masuji Ibuse	*Pluie noire.*
4075. Camille Laurens	*L'Amour, roman.*
4076. François Nourissier	*Prince des berlingots.*
4077. Jean d'Ormesson	*C'était bien.*

4078. Pascal Quignard — *Les Ombres errantes.*
4079. Isaac B. Singer — *De nouveau au tribunal de mon père.*
4080. Pierre Loti — *Matelot.*
4081. Edgar Allan Poe — *Histoires extraordinaires.*
4082. Lian Hearn — *Le clan des Otori, II : les Neiges de l'exil.*
4083. La Bible — *Psaumes.*
4084. La Bible — *Proverbes.*
4085. La Bible — *Évangiles.*
4086. La Bible — *Lettres de Paul.*
4087. Pierre Bergé — *Les jours s'en vont je demeure.*
4088. Benjamin Berton — *Sauvageons.*
4089. Clémence Boulouque — *Mort d'un silence.*
4090. Paule Constant — *Sucre et secret.*
4091. Nicolas Fargues — *One Man Show.*
4092. James Flint — *Habitus.*
4093. Gisèle Fournier — *Non-dits.*
4094. Iegor Gran — *O.N.G.!*
4095. J.M.G. Le Clézio — *Révolutions.*
4096. Andréï Makine — *La terre et le ciel de Jacques Dorme.*
4097. Collectif — *«Parce que c'était lui, parce-que c'était moi».*
4098. Anonyme — *Saga de Gísli Súrsson.*
4099. Truman Capote — *Monsieur Maléfique et autres nouvelles.*
4100. E.M. Cioran — *Ébauches de vertige.*
4101. Salvador Dali — *Les moustaches radar.*
4102. Chester Himes — *Le fantôme de Rufus Jones et autres nouvelles.*
4103. Pablo Neruda — *La solitude lumineuse.*
4104. Antoine de St-Exupéry — *Lettre à un otage.*
4105. Anton Tchekhov — *Une banale histoire.*
4106. Honoré de Balzac — *L'Auberge rouge.*
4107. George Sand — *Consuelo I.*
4108. George Sand — *Consuelo II.*
4109. André Malraux — *Lazare.*
4110. Cyrano de Bergerac — *L'autre monde.*
4111. Alessandro Baricco — *Sans sang.*
4112. Didier Daeninckx — *Raconteur d'histoires.*

4113. André Gide — *Le Ramier.*
4114. Richard Millet — *Le renard dans le nom.*
4115. Susan Minot — *Extase.*
4116. Nathalie Rheims — *Les fleurs du silence.*
4117. Manuel Rivas — *La langue des papillons.*
4118. Daniel Rondeau — *Istanbul.*
4119. Dominique Sigaud — *De chape et de plomb.*
4120. Philippe Sollers — *L'Étoile des amants.*
4121. Jacques Tournier — *À l'intérieur du chien.*
4122. Gabriel Sénac de Meilhan — *L'Émigré.*
4123. Honoré de Balzac — *Le Lys dans la vallée*
4124. Lawrence Durrell — *Le Carnet noir.*
4125. Félicien Marceau — *La grande fille.*
4126. Chantal Pelletier — *La visite.*
4127. Boris Schreiber — *La douceur du sang.*
4128. Angelo Rinaldi — *Tout ce que je sais de Marie*
4129. Pierre Assouline — *État limite.*
4130. Élisabeth Barillé — *Exaucez-nous.*
4131. Frédéric Beigbeder — *Windows on the World.*
4132. Philippe Delerm — *Un été pour mémoire.*
4133. Colette Fellous — *Avenue de France.*
4134. Christian Garcin — *Du bruit dans les arbres.*
4135. Fleur Jaeggy — *Les années bienheureuses du châtiment.*
4136. Chateaubriand — *Itinéraire de Paris à Jerusalem.*
4137. Pascal Quignard — *Sur le jadis. Dernier royaume, II.*
4138. Pascal Quignard — *Abîmes. Dernier Royaume, III.*
4139. Michel Schneider — *Morts imaginaires.*
4140. Zeruya Shalev — *Vie amoureuse.*
4141. Frédéric Vitoux — *La vie de Céline.*
4142. Fédor Dostoïevski — *Les Pauvres Gens.*
4143. Ray Bradbury — *Meurtres en douceur.*
4144. Carlos Castaneda — *Stopper-le-monde.*
4145. Confucius — *Entretiens.*
4146. Didier Daeninckx — *Ceinture rouge.*
4147. William Faulkner — *Le Caïd.*
4148. Gandhi — *La voie de la non-violence.*
4149. Guy de Maupassant — *Le Verrou et autres contes grivois.*
4150. D. A. F. de Sade — *La Philosophie dans le boudoir.*
4151. Italo Svevo — *L'assassinat de la Via Belpoggio.*
4152. Laurence Cossé — *Le 31 du mois d'août.*

4153.	Benoît Duteurtre	*Service clientèle.*
4154.	Christine Jordis	*Bali, Java, en rêvant.*
4155.	Milan Kundera	*L'ignorance.*
4156.	Jean-Marie Laclavetine	*Train de vies.*
4157.	Paolo Lins	*La Cité de Dieu.*
4158.	Ian McEwan	*Expiation.*
4159.	Pierre Péju	*La vie courante.*
4160.	Michael Turner	*Le Poème pornographe.*
4161.	Mario Vargas Llosa	*Le Paradis — un peu plus loin.*
4162.	Martin Amis	*Expérience.*
4163.	Pierre-Autun Grenier	*Les radis bleus.*
4164.	Isaac Babel	*Mes premiers honoraires.*
4165.	Michel Braudeau	*Retour à Miranda.*
4166.	Tracy Chevalier	*La Dame à la Licorne*
4167.	Marie Darrieussecq	*White.*
4168.	Carlos Fuentes	*L'instinct d'Iñez.*
4169.	Joanne Harris	*Voleurs de plage.*
4170.	Régis Jauffret	*univers, univers.*
4171.	Philippe Labro	*Un Américain peu tranquille.*
4172.	Ludmila Oulitskaïa	*Les pauvres parents.*
4173.	Daniel Pennac	*Le dictateur et le hamac.*
4174.	Alice Steinbach	*Un matin je suis partie.*
4175.	Jules Verne	*Vingt mille lieues sous les mers.*
4176.	Jules Verne	*Aventures du capitaine Hatteras.*
4177.	Emily Brontë	*Hurlevent.*
4178.	Philippe Djian	*Frictions.*
4179.	Éric Fottorino	*Rochelle.*
4180.	Christian Giudicelli	*Fragments tunisiens.*
4181.	Serge Joncour	*U.V.*
4182.	Philippe Le Guillou	*Livres des guerriers d'or.*
4183.	David McNeil	*Quelques pas dans les pas d'un ange.*
4184.	Patrick Modiano	*Accident nocturne.*
4185.	Amos Oz	*Seule la mer.*
4186.	Jean-Noël Pancrazi	*Tous s'est passé si vite.*
4187.	Danièle Sallenave	*La vie fantôme.*
4188.	Danièle Sallenave	*D'amour.*
4189.	Philippe Sollers	*Illuminations.*

4190.	Henry James	*La Source sacrée.*
4191.	Collectif	*«Mourir pour toi».*
4192.	Hans Christian Andersen	*L'elfe de la rose et autres contes du jardin.*
4193.	Épictète	*De la liberté* précédé de *De la profession de Cynique.*
4194.	Ernest Hemingway	*Histoire naturelle des morts et autres nouvelles.*
4195.	Panaït Istrati	*Mes départs.*
4196.	H. P. Lovecraft	*La peur qui rôde et autres nouvelles.*
4197.	Stendhal	*Féder ou Le Mari d'argent*
4198.	Junichirô Tanizaki	*Le meurtre d'O-Tsuya.*
4199.	Léon Tolstoï	*Le réveillon du jeune tsar et autres contes.*
4200.	Oscar Wilde	*La Ballade de la geôle de Reading.*
4201.	Collectif	*Témoins de Sartre.*
4202.	Balzac	*Le Chef-d'œuvre inconnu.*
4203.	George Sand	*François le Champi.*
4204.	Constant	*Adolphe. Le Cahier rouge Cécile.*
4205.	Flaubert	*Salammbô.*
4206.	Rudyard Kipling	*Kim.*
4207.	Flaubert	*L'Éducation sentimentale.*
4208.	Olivier Barrot/ Bernard Rapp	*Lettres anglaises.*
4209.	Pierre Charras	*Dix-neuf secondes.*
4210.	Raphaël Confiant	*La panse du chacal.*
4211	Erri De Luca	*Le contraire de un.*
4212.	Philippe Delerm	*La sieste assassinée.*
4213.	Angela Huth	*Amour et désolation.*
4214.	Alexandre Jardin	*Les Coloriés.*
4215.	Pierre Magnan	*Apprenti.*
4216.	Arto Paasilinna	*Petits suicides entre amis.*
4217.	Alix de Saint-André	*Ma Nanie,*
4218.	Patrick Lapeyre	*L'homme-soeur.*
4219.	Gérard de Nerval	*Les Filles du feu.*
4220.	Anonyme	*La Chanson de Roland.*
4221.	Maryse Condé	*Histoire de la femme cannibale.*

4222. Didier Daeninckx — *Main courante et Autres lieux.*
4223. Caroline Lamarche — *Carnets d'une soumise de province.*
4224. Alice McDermott — *L'arbre à sucettes.*
4225. Richard Millet — *Ma vie parmi les ombres.*
4226. Laure Murat — *Passage de l'Odéon.*
4227. Pierre Pelot — *C'est ainsi que les hommes vivent.*
4228. Nathalie Rheims — *L'ange de la dernière heure.*
4229. Gilles Rozier — *Un amour sans résistance.*
4230. Jean-Claude Rufin — *Globalia.*
4231. Dai Sijie — *Le complexe de Di.*
4232. Yasmina Traboulsi — *Les enfants de la Place.*
4233. Martin Winckler — *La Maladie de Sachs.*
4234. Cees Nooteboom — *Le matelot sans lèvres.*
4235. Alexandre Dumas — *Le Chevalier de Maison-Rouge.*
4236. Hector Bianciotti — *La nostalgie de la maison de Dieu.*
4237. Daniel Boulanger — *Le tombeau d'Héraldine.*
4238. Pierre Clementi — *Quelques messages personnels.*
4239. Thomas Gunzig — *Le plus petit zoo du monde.*
4240. Marc Petit — *L'équation de Kolmogoroff.*
4241. Jean Rouaud — *L'invention de l'auteur.*
4242. Julian Barnes — *Quelque chose à déclarer.*
4243. Yves Bichet — *La part animale.*
4244. Christian Bobin — *Louise Amour.*
4245. Mark Z. Danielewski — *Les lettres de Pelafina.*
4246. Philippe Delerm — *Le miroir de ta mère.*
4247. Michel déon — *La chambre de ton père.*
4248. David Foenkinos — *Le potentiel érotique de ma femme.*
4249. Eric Fottorino — *Caresse rouge.*
4250. J.M.G. Le Clézio — *L'Africain.*
4251. Gilles Leroy — *Grandir.*
4252. Jean d'Ormesson — *Une autre histoire de la littérature française I.*
4253. Jean d'Ormesson — *Une autre histoire de la littérature française II.*
4254. Jean d'Ormesson — *Et toi mon cœur pourquoi bats-tu.*
4255. Robert Burton — *Anatomie de la mélancolie.*

4256. Corneille	*Cinna.*
4257. Lewis Carroll	*Alice au pays des merveilles.*
4258. Antoine Audouard	*La peau à l'envers.*
4259. Collectif	*Mémoires de la mer.*
4260. Collectif	*Aventuriers du monde.*
4261. Catherine Cusset	*Amours transversales.*
4262. A. Corréard et H. Savigny	*Relation du naufrage de la frégate la* Méduse.
4263. Lian Hearn	*Le clan des Otori, III : La clarté de la lune.*
4264. Philippe Labro	*Tomber sept fois, se relever huit.*
4265. Amos Oz	*Une histoire d'amour et de ténèbres.*
4266. Michel Quint	*Et mon mal est délicieux.*
4267. Bernard Simonay	*Moïse le pharaon rebelle.*
4268. Denis Tillinac	*Incertains désirs.*
4269. Raoul Vaneigem	*Le chevalier, la dame, le diable et la mort.*
4270. Anne Wiazemsky	*Je m'appelle Elisabeth.*
4271. Martin Winckler	*Plumes d'Ange.*
4272. Collectif	*Anthologie de la littérature latine.*
4273. Miguel de Cervantes	*La petite Gitane.*
4274. Collectif	*«Dansons autour du chaudron».*
4275. Gilbert Keeith Chesterton	*Trois enquêtes du Père Brown.*
4276. Francis Scott Fitzgerald	*Une vie parfaite* suivi de *L'accordeur.*
4277. Jean Giono	*Prélude de Pan et autres nouvelles.*
4278. Katherine Mansfield	*Mariage à la mode* précédé de *La Baie.*
4279. Pierre Michon	*Vie du père Foucault — Vie de Georges Bandy.*
4280. Flannery O'Connor	*Un heureux événement* suivi de *La Personne Déplacée*
4281. Chantal Pelletier	*Intimités et autres nouvelles.*
4282. Léonard de Vinci	*Prophéties* précédé de *Philosophie et aphorismes.*

Composition Bussière
et impression Bussière
à Saint-Amand (Cher),
le 5 octobre 2005.
Dépôt légal : octobre 2005.
Premier dépôt légal dans la collection : octobre 2001.
Numéro d'imprimeur : 053741/1.
ISBN 2-07-042037-X./Imprimé en France.

140112